パナマ運河のアメリカンハイウェー

ローマ・トレヴィの泉

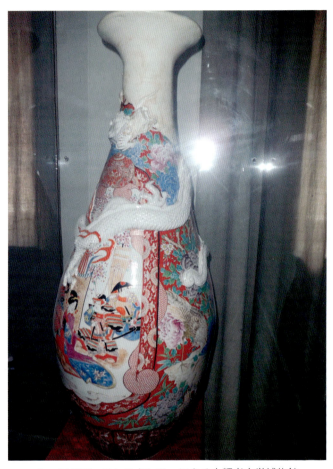

ルーマニア・コンスタンツァにある人類考古学博物館

ウクライナのオデッサにあるオペラ・バレエ劇場

ウクライナ、オデッサの彫刻

ヨルダン、ペトラ遺跡のエル・ハズネ

南アフリカのケープタウンにて、テーブルマウンテンを背に筆者

オセアニック号のレリーフ、木星

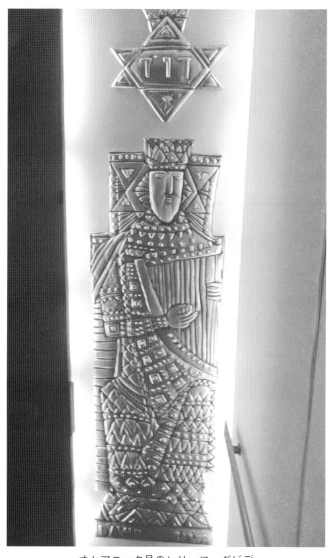

オセアニック号のレリーフ、ダビデ

オセアニック号のレリーフ、エジプトのピラミッド

オセアニック号のレリーフ、木星

オセアニック号のレリーフ、バッカス

オセアニック号のレリーフ、ヘビ神様（彗星）

オセアニック号のレリーフ、破壊の神

オセアニック号のレリーフ、太陽のお母さん、ブラックホール

オセアニック号のレリーフ、太陽系、ハートは彗星

ルーマニアの人類考古学博物館にある、とぐろを巻いた白い蛇

ルーマニアの人類考古学博物館にある破壊の神

トルコ、イスタンブール、バッカスの最後の審判

ウクライナのオデッサにある人類を身籠る地球

ウクライナのオデッサにある太陽のお母さん、ブラックホール

エジプト、クフ王のピラミッドの左の建物

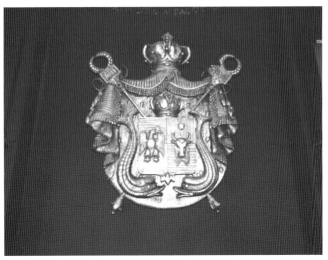

ルーマニアの人類考古学博物館の3階にある紋章

ギリシャ、ディロス島、冥王星

スリランカ、コロンボのガンガラマ寺院

スリランカ、コロンボ

人類に問う。
なぜ、水の惑星であるこの地球に、
貴方が生まれることができたのか?
そして、どう生きるべきか?

月光天葦木資生

文芸社

―目次―

1．はじめに ……………………………………………… 5

2．父母や私の生い立ち ……………………………… 6

3．宇宙の疑問 ………………………………………… 11

4．宇宙と人類と地球 ………………………………… 12

5．人類と宗教と風習と遺跡 ………………………… 22

6．エジプトのピラミッドと

　　ペルーのマチュピチュ ………………………… 33

7．宇宙は玉突きだ。

　　神様はこの宇宙で壮大な玉突きをした ………… 43

8．ボリビアの首都ラパスとアメリカ大陸 ………… 53

9．人間は水や植物がないと生存できません ……… 55

10．原子力発電所と食糧 ……………………………… 60

11．使用済み核燃料棒を原子力発電所

　　に保管するのは極めて危険 …………………… 65

12．宇宙は収縮する …………………………………… 69

13．地球は、なぜ出来たのか ……………………… 71

14．真の父と母と私 …………………………………… 74

15．神様は世界中に祭られています ……………… 78

16．十字架は何を表しているのか ………………… 83

17．天照皇大神とはどういう意味か、

　　また、言葉とは何か …………………………… 86

18. お母さんの地球は、

　　　何によって表されているのか …………………… 90

19. ペルーの遺跡 ……………………………………… 92

20. 正倉院の宝物と神様と仏像 ……………………… 95

21. キトラ古墳 ………………………………………… 105

22. 水星と金星と月と火星と冥王星 ………………… 111

23. 宇宙と仏像 ………………………………………… 114

24. 原子力発電所と人類 ……………………………… 118

25. ピサロはなぜ、インカ帝国を征服できたのか … 123

26. マチュピチュとイエメンの岩山の村 …………… 125

27. パソコンスクール ………………………………… 131

28. オセアニック号による地球1周の旅 …………… 132

29. オセアニック号のレリーフ ……………………… 136

30. オセアニック号による旅の、

　　　旧帝政ロシアの夏の離宮 ……………………… 141

31. オセアニック号による旅行 ……………………… 147

32. おわりに …………………………………………… 164

1. はじめに

　私は現在73歳になりました。今まで生きてきて、テレビを見たり、ラジオを聞いたり、新聞や雑誌やその他の本などを見たり、他人の話を聞いたり、旅行などで見たり聞いたりして知り得たことをもとにして、さらに、私の考えも入れてこの本を書きました。

　私は宇宙や地球や考古学や宗教などを、大学等の研究機関で研究や調査したことは全くありません。私は、大学はおろか高校にも行ったことはありません。"私はこう思う"とはそういうことも含む意味です。間違っていることも沢山あると思いますが、私の言うことが、もし間違っていましたら、みなさんは、そっくりかえって大笑いしてください。

　この本は一気に書いたのではなく、思いついたことを、何度も何度も足したり引いたりして書いていますので、重複していることも多々あると思いますが、お許しください。

2. 父母や私の生い立ち

　私は1944年7月31日、日本の北海道寿都群黒松内町字南作開番外地にて生まれました。父は岡部直吉、母はミナといいます。父は明治29年に四国の徳島県で生まれ、明治30年に両親に連れられて、一族で北海道に移住するつもりで、岩内の奥地にある露天掘りの貝沼炭鉱という所で働くため、貝沼炭鉱を目指して北海道に来ました。徳島での菩提寺は光明寺というそうです。今の菩提寺は寿都の真言寺です。船は途中の寿都に着きました。当時の寿都はニシン漁の景気で賑わっており、炭鉱よりニシン船に乗った方が収入が良かったので、寿都で船を下りてニシン漁船に乗ったそうです。また、母は隣村の湯別という村で生まれ育って、寿都のニシン場で父と知り合い結ばれたようです。また、母の旧姓は佐藤と言い、一族は石川県の能登の出だそうです。

　私が生まれたのは太平洋戦争が終わる1年前でした。物心のついたころは戦後でみな貧しい時でした。当時は食べる物もなく、みないつも腹を空かしていました。ご飯は麦ご飯でジャガイモやカボチャのこともありました。私も、食べられる物は何でも食べました。

　その中でも懐かしい思い出は、春の寿都町歌棄の磯で

母や姉2人と一緒に岩海苔を採ったことです。それを母親が佃煮にしたり、ヨシのシダレに枠をかけて流し込み、伸ばして風通しのいい日陰に干して海苔を作ったりしていました。家の近くでアサズキ（ノビル）やミツバを採り、みそ汁にして食べたこともありました。

　その他にはカタクリや、ギョーザネギを茹でて醤油をかけて食べました。また、イタドリやシカンポも食べました。夏には俵グミやグスベリや、ミョウガにみそを付けて食べていました。

　秋にはコクワやグミや山ぶどうや、また、クワイなどを茹でて食べ春から秋にかけ川でウグイやヤマメや八目うなぎやドジョウなどを捕り、沼で小さい鮒などを釣りました。

　夏には竹の手籠にトウモロコシを入れ、縛りつけて川の深みに沈めて、カニを捕まえて茹でて食ました。

　秋には、湧水に小石のある浅瀬に卵を産みにやってくるアユを、ガラ掛けで引っかけて捕らえました。それを薪ストーブのふたを取り、クシに刺して中に吊るし、洗面器で蓋をして乾燥させて保存し、甘く煮てお正月に昆布巻にしてもらいました。

　目の前の朱太川で泳ぎ、また、冬には針金の罠を掛けて兎やタヌキを捕らえ、トラバサミでタヌキやイタチを捕らえ、竹ジッポでイタチを捕らえて毛革を売り、お小遣いにしていました。毛皮は父に剥いでもらい、タヌキは母に大根やニンジン、ごぼうやネギなどを入れ、タヌ

7

キ汁にしてもらい、兎はジャガイモやニンジン、玉ネギなどを入れ、カレーライスにしてもらいました。罠の作り方や掛け方は、父や長兄に学びました。

家は農家なので、春にはジャガイモを植えるのを手伝ったり、豆を植えたり麦の種をまいたりして田植えを手伝い、夏には麦刈や馬の餌のエンバク刈りをして、秋にはジャガイモの収穫を手伝い、稲刈りや豆刈り、稲の脱穀も手伝いました。

長兄はお寺の隣で小さい精米所を経営していたので、お米を隠していないか、時々警察官が見にきました。3歳上の兄や近所の子供達と釣りをしたり、かくれんぼをしたり、相撲をしたり、花火をしたり、冬には凧揚げや裏山でスキーをしたり、精米所の屋根からスキーやスコップやソリに乗って滑り降りたりして、いつも長兄に怒られていました。

冬には裏山で父や兄たちと木を切り、薪ストーブの燃料にするのを手伝い、秋にはそれを小さく割って燃えやすいようにしました。また、母と裏山でワラビを採り、炭の灰を鍋に入れ茹でて、物置の屋根に広げて干して売るのを手伝っていました。

川向かいの山の上に母や姉や兄たちとタケノコを採りに行ったり、てしば、にしる（キュウリなどのツルをからめる支柱）、根曲がりタケを採りに行ったりしたこともあります。

家には私が3〜4歳ぐらいまで、父の母と思われるお

婆さんがいました。私は座ったり寝たりしているお婆さんの側で、木馬に乗ったり引っ張ったりして遊んでいました。

　家には兄4人と姉2人がいました。村の学校に映画が来た時にはいつも、2人の姉に連れていってもらうのが常でした。でも、いつも途中で寝てしまい、2人にかわるがわるおぶさって帰り、怒られるのが常でした。上の姉は工藤フサ子、下の姉は鈴木ヒサ子といいます。長兄は定利、次兄は利吉、3男は松山賢治、4男は孝二といいます。就職する時に戸籍抄本を取ったら、私は6男になっていました。5男がどうしたのかはあまり気にせず、誰からも何も聞いていません。近くの長万部町にお祭りのサーカスが来ると、姉や兄達に見に連れていってもらい、黒い羊を見に連れていってもらいました。

　中学校を出て札幌に就職し、豊平3条6丁目の豊平農機という会社で約5年間働かせてもらいました。今の会社名は、伊達の小西農機と合併してスター農機といいます。会社の寮は、入社した時には豊平2条6丁目でしたが、その後、美園1条3丁目に移りました。学歴もなく技術もない私の給料は安く、月約6,000円で寮代は4,000円でした。そこで車の免許を取るために、月寒の東2条10丁目にある東自動車学校に3,000円で買った中古の自転車に乗って通いました、それまで車に触ったことは一度もありませんでした。自動車学校に行ったら、いきなり大型トラックに乗せられて運転しろと言われま

した、私は車に触ったことがないので、できませんと言うと、先生が片手で自動車を運転して見せてくれました。やっと大型1種免許を取得して大型トラックに乗り、50キロ詰めセメント約200体を大型トラックに積んで、2人で約3年間運びました。自動車の免許を取ったのは昭和39年8月21日でした。その後、大型二種免許を取り、平岸2条16丁目にある「北海道交通」というタクシー会社で働かせてもらい、次に厚別中央1条1丁目にある「札幌交通」というタクシー会社で働きました。

　第1次オイルショック、第2次オイルショックを受け、お客様がほとんどいなかったため、長距離のお客様を狙い、道庁に並びましたが、ほとんど車は動かず、時には2時間以上動かない時もありました。あまりに動かないので、車内で色々なことを考えてしまいました。「マチュピチュとは何だろう」「ギアナ高地とは何だろう」……そんなことを考えていると、色々なことが頭をよぎり、「水の惑星である今日の地球に、なぜ、この私が生まれることができたのか」と考えるようになりました。

　それは、北3条西6丁目の道庁の北西で、南向きに止まっている時でした。今は北向きの1方通行です、それは1999年12月30日、午前2時28分のことでした。

3. 宇宙の疑問

　宇宙の温度は約マイナス 270 度と言われていますが、
「地球の温度はなぜ、約プラス 15 度なのか」
「火星の温度はなぜ、マイナス 55 度なのか」
「地球を回る月の温度はなぜ、赤道付近でもマイナス 60 度なのか」
「局地では、なぜ、マイナス 120 度と言われるのか」
「なぜ、月は地球の周りを楕円形で回っているのか」
「月の自転はなぜ、止まったのか？」
「無重力、無抵抗の宇宙で、自然に止まることがあるのだろうか。それなら他の星は、なぜ、止まらないのか」
「自転している星も、縦に回ったり横に回ったり、斜めに回ったり逆転したり、いろいろの星があるが、それはなぜか」
「太陽の周りを回る惑星も、平面で回ったり、12 度傾いていたり、楕円形で回ったり、色々であるが、それはなぜか」

4. 宇宙と人類と地球

　地球は一定の大きさがあり、重さと重力と引力によっ
て成り立っています。重ければ重いほど地球の中心にあ
り、軽ければ軽いほど表面にあるはずです。それならば
地球の表面は100％海にならないとおかしいと私は思い
ます。水や空気より重い岩石がなぜ3,000メートルも
6,000メートルも8,844メートル42センチも海の上に飛
び出ることができたのか、自然に隆起することなどあり
得ないと私は思います。

　自然に隆起するのであれば、外にある小石はなぜ、隆
起して宇宙に舞い上がり、空中にあって太陽の光を遮っ
ていないのか。また、国際宇宙ステーションを超えて空
へ舞え上がらないのか……そんなことを考えてしまいま
した。外にある小石より、アジア大陸やアメリカ大陸や
日本列島が軽いとは私にはどうしても思えません。中国
の桂林やアンデス山脈やスペインのモンセラットや南ア
フリカのケープタウンにあるテーブルマウンテンが自然
に隆起するとは、私にはとても思えません。

　最初の地球は太陽の猛烈な自転の力による遠心力に
よって吹き飛ばされたガスだったと思われます。収縮し
て周りから隕石を集めても何千度と思われますが、自転

しているので平均化されてコマやボールのように丸く
なったのだと私は思います。中心に行けば行くほど重た
いウランのような重い重金属があり、軽ければ軽いほど
表面にあるのなら、一番軽い水が表面にあるはずです。
牛乳の表面に浮かぶ脂肪のように、それならばアジア大
陸やアメリカ大陸や南極大陸やオーストラリア大陸や日
本列島は、なぜ、水の上に出ることができたのでしょう。
一番軽い水が表面にないのはおかしいのではないのかと
私は思います。

　水や大気によって宇宙と熱交換が行われて地球が冷や
され、マグマが固まりプレートが出来たのならば、プ
レートは2,600〜3,000メートルぐらい海の底にないと
おかしいと私は思います。水や空気より重い岩石、アジ
ア大陸やアメリカ大陸や日本列島はなぜ1,000メートル
も6,000メートルも8,844メートルも水の上に出ること
ができたのか、それが全ての原点ではないでしょうか。
自然に水の上に出てくるとは、私には100％思えません。

　人間はマイナス約270度で空気がなく、1日で半年分
の放射性物質を浴びるこの宇宙で生きることは100％で
きるはずはありません。魚やイルカやクジラではないの
だから、海の中でも生きることはできません。水の中で
呼吸し、泳ぎながら眠り、泳ぎながらご飯を食べること
などできないのだから、私には植物を食べるか、植物を
食べた動物を食べる以外に生きる手段はありません。し
たがって緑の地球がないと私は生きていくことはできま

せん。

　緑の大地が出来るためには何が何でも地球のお母さん太陽が必要になります。また、太陽が生まれるためには何が何でも太陽のお母さん、ブラックホールが必要になります。ブラックホールが生まれるためには、何が何でもブラックホールのお母さん、ビッグバンが必要になります。貴方の腸の中に住んでいる微生物のように、私は直径138光年の宇宙の引力の中に生きています。この宇宙がなければ、私は生きていくことはできません。ビッグバン、ブラックホール、太陽、地球がないと私は生きていけません。

　しかしその地球の表面が全て海ならば、私は生きていくことなどできるはずがありません。したがって本当の宝物は金でもダイヤモンドでもなく、緑の大地だと私は思います。その緑の大地を象徴する物、それは神道では笹や竹であり、仏教ではハスの花や茎のレンコンであり、キリスト教では松毬やリンゴやブドウや、またブドウによって出来たワインだと私は思います。日本ではお米や穀物によって出来た焼酎「お神酒」だと私は思います。上半身裸で胸に「銀の胸当てをしている聖少女かぐや姫が左手に持っている壺のワイン」によって表されています。また、三つのリンゴによって三つの緑の大地を表しています。手に持っているリンゴはアジア大陸、拾おうとしているリンゴはアメリカ大陸、落ちているリンゴはオーストラリア大陸だと私は思います。そういう絵を私

はどこかで見たことがあります。それを表した物が、大黒さんが座っている三つの俵だと思います。

　リンゴを横に切断すると五つの種の袋が見えます。五つは仏様の利き手の五本の指で表されています。それは人類を直接作った五つの星。それはエジプトのピラミッドの五つの角を表しています。ピラミッドの五つの角を宇宙の角、太陽系の星に譬えていると私は思います。

　また、女王卑弥呼の鏡、三角縁神獣鏡も同じだと私は思います。三角縁神獣鏡に光を当てて暗い壁に映し出すと丸い五つの玉が出来ます。それはピラミッドやカンボジアのアンコールワットの神様の配列と同じように見えます。ピラミッドの仮の表面に立つと左手前が彗星で、蛇神様を表しています。日本式では織姫といいます。

　ヨーロッパではテンスやほうき星といい、シカの角やキツネや鳥の翼や弓の矢や片刃の剣や長刀や、雪や氷が溶けると水になるので、水の中にいるカエルやカッパやカワウソ等によって表されることがあります。また、フランスの壁掛けの貴婦人と一角獣のように、一角獣やまた大根によって表されることがあります。

　フランスの壁掛けは全部で6枚ありましたが、一つ足りない神様があります。それはお月様のお母さんの木星で、日本では恵比寿天で表されています。また、一般的には象（ガネーシャ）によって表されています。また、魚の頭の付いた魚の皮のマントを着て、左手で何かをつまんでいる背の高い約3,000年前のアッシリアの神様で

す。つまんでいるのは、貴方は地球の引力や重力の中に住んでいるのですよ、私がいなければ貴方は生まれることも生きることもできませんよ、私にもっと感謝しなさいと、アッシリアの神様は私にそう言っています。

　人は皆、普段、物を持つ時には手で握るか、それとも手のひらを上にして、吉祥天が赤い玉を左手に持つ時のように持っています。つまんでいるのは、気を抜けばすぐ落ちることを表しています。また、インドの象の神様（ガネーシャ）が必要になります。エジプトのスフィンクスの反対側、スフィンクスの左側に槍を杖にしたアッシリアの神様を立たせたいものです。

　キリスト教では糸を紡いでいる神様が彗星に相当すると私は思います。紡いだ糸で機を織る、また、飛んできたことを翼によって表されることがあります。彗星は一度お月様に激突したので、片刃あるいはハートのマークによって表されています。それは彗星＝冥王星のハートの形の左側が、お月様に激突してお月様の自転の力によって削られた雪や氷が右側に飛ばされたため、地形によってハートの形になったからだと私は思います。その時点ではお月様はまだ自転していました。

　その後、叔父さんのお尻を蹴飛ばしたので、叔父さんに自転の力を打ち消され、お月様の自転が止まりました。そのお月様の聖小女かぐや姫の叔父さんが私の真の父、星神様・父なる神・天照皇大神（ダビデ）になります。そうして私の本当のお母さんである青い鳥、地球と結婚

（激突）して人類の、また、陸上の生物の父になりました。それによって青い鳥＝地球はアジア大陸（朱雀）やアメリカ大陸（青龍）やオーストラリア大陸（玄武）という金の卵の緑の大地を産みました。

　彗星は一度激突したので片刃の剣や激突の跡がハートの形なので、キューピッドが弓矢でハートを射る形になっています。金地螺鈿毛抜型太刀の柄に施された透かしの両端にハートの形があり、片刃の太刀によって彗星が表されています。彗星とは冥王星になります。

　エジプトのピラミッドの右側手前には青い鳥＝地球が祭られています。鳥によって太陽のお母さんの周りを飛び回っている地球であることを表しています。

　また、鳥の足、前2本の指と後ろ1本の指と脛によって十字架を表しています。日本式ではツルやニワトリ、仏教ではアヒルや頭に2匹のヘビがいる迦陵頻伽、エジプトではフラミンゴ、ペルーではコンドル、イタリアではクジャク、ルーマニアではキジ、イースター島ではシラサギのように。

　七福神では袋の中に何でも持っている大黒天によって表されています。大黒天の持っている袋は彗星を表しています。それが照る照る坊主だと私は思います。右側の後ろは父なる神様、星神様、天照皇大神の神様で、星は真珠や金平糖や鏡や楽器や、あるいは松明によって表されています。神様はまず初めに言葉があり、それはお月様と激突する音や、地球と激突する音を表しています。

17

それによって、水の惑星であるこの地球に緑の大地が出来ました。そのため天照皇大神の神様は薬の神様でもあります。二度激突したので、お月様のように弓矢や槍や両刃の剣で表されることがあります。出雲大社の周辺から約358本出土した両刃の剣のように、そのために仏教では片刃の剣や両刃の剣の仏像があるのです。激走してきたので、雄牛の角やイノシシで表されることがあります。そのためイスラム教徒はイノシシを改良した豚肉を食べないのだと私は思います。

　インドでは牛が尊ばれているように、ヨーロッパや日本では牛祭りがあるのです。架空の麒麟のように飛んできたので、翼によって表されることがあります。

　七福神では弁財天によって表されています。天照皇大神は赤い矢、愛の矢、情熱の矢の赤い矢で表されています。エジプトの王様の目の前にある赤い槍のように（赤い色・朱色は温度を表しています）、また、父なる神様なので男性器やあごヒゲやエロスによって表されることがあります。ダビデ像やポセイドンやヘラクレスやヘレニズムの蛇に絡まれている3人の男やモアイ像のように、蛇に絡まれている3人の男の中で一番大きいのが天照皇大神、他の2人は火星の衛星のように小さな隕石、地球は過去9回角度を変えていると言われています。その中の3個、また、蛇や龍は彗星を表しています。貴婦人と一角獣の宝石箱が地球で、真珠や金平糖が隕石、一角獣や鹿の角や蛇が彗星で、左側裏はお月様がいます。お月

様には衛星がないので、未婚のお姫様、ヒョウタンのように口の小さい壺によって表されています。お酒の神様バッカスがこれに相当すると私は思います。それは女性の子宮を表しています。日本式では聖小女かぐや姫、お月様の移動の仕方によって兎によって表されています。ホップ・ステップ・ジャンプが兎の移動の仕方です。聖少女かぐや姫の移動の仕方なのです。今はちょっとひと休みしています。これからジャンプするのです。

　地球の引力を振り切ると太陽の引力に捕まり、太陽に吸収されます。兎さんのゴールは亀さんのいる太陽なのです。鳥獣戯画のように、また、銚子のような小さな壺や銀の胸当てによってお月様が表されています。お月様は二度戦い、二度とも勝ったので、戦いの神様や防御の神様でもあります。そのために豊臣秀吉の馬印がヒョウタンの形になっています。そのために聖少女かぐや姫は銀の胸当てになります。また、毘沙門天のように鎧で表されています。叔父さんを蹴飛ばしたので、弥勒菩薩のように片足を上げています。エジプトのクフ王の南側から出た天のお船は綱をつけて引っ張っていますが、綱をつけて引っ張ったのではなく本当は後ろからこっそりと蹴飛ばしたのです。そのため宗教では逆もまた真なりが原則です。太陽は太陽のお母さんでも曳くことはできません。天のお船に乗っているのは太陽ではなくダビデなのです（お月様は銀の矢）。地球は門松の根本にある笹や3本の竹や、十五夜のススキや根本にある笹や、七夕

飾りの短冊を下げる竹や、大黒さんの座っている三つの俵だと私は思います。左側の俵はアジア大陸で、右側の俵はアメリカ大陸で、本当は上の俵は下にあってオーストラリア大陸だと私は思います。逆もまた真なり、それが宗教の鉄則だと私は思います。仏教では黄不動や青不動や赤不動によって表されています、

　－270度で空気がなく、1日で半年分の放射性物質を浴びるこの宇宙で人間は生きることなどできません。孫悟空のように猿が空を自由自在に飛び回るのは無理です。そんな宇宙を素裸で飛び回ることなど100%できるはずはありません。

　それは見ている人の頭をパニックにして、本当の意味をごまかすための物だと私は思います。そういうのは目くらましだと私は思います。エジプトのピラミッドの中にある石の棺のように猿が飛び回っているのではなく、人間がスペースシャトルやロケットに乗って空を飛び回っているのです。仏様とは直径138光年のこの宇宙全体であり、サルとは人間のことなのです。

　日本では十五夜のススキや門松の松に相当する物だと思います。ススキは冬に枯れるが根本の笹は枯れず、動物の餌になり人間の暮らしを支える物です。火山が爆発して火山灰が成層圏まで噴き上がり、無重力により火山灰が中々地面に降りず、火山灰によって太陽の光が遮られ、地球に太陽の光が届かない真っ暗闇の時には、雪の下でも枯れない笹が一番頼りになります。松は松脂が出

るので柱にも板にもなりません、食べるのは松の根本に
ある笹の葉です。木の芽や茎の皮だけでは生き残れませ
ん。網の目のような強い根を張り、強い風や雨から緑の
大地を守っているのは、笹や竹や苔なのです。肥沃な大
地が風に飛ばされるのを防ぎ、雨によって川から海に流
れ出るのを防いでいます。笹や竹や雑草や苔こそが真に
緑の地球を守っているのです。

5. 人類と宗教と風習と遺跡

　七夕に竹にぶら下げている短冊は、彗星の尾に文字を書いて神様を汚した物だと私は思います。また、注連縄にぶら下がっている紙の白いヒラヒラした物や稲原やシゲ草を束ねたような物は、三つなら太陽と星神様と地球、五つならエジプトのピラミッドと同じで太陽と星神様と地球と月と冥王星だと思います。七つならピラミッドに太陽のお母さんブラックホールと月のお母さん木星を足した物になります。また、神主様が棒の先に付けて振り回している白い吹き流しのような物や、クラゲのような物や、北海道の先住民の人が柳の枝を削って作っているカンナ屑や吹き流しのような物や、頭に被っている稲藁を束ねたような物は彗星だと思います。また、注連縄はエッジワース・カイパー・ベルトだと私は思います。

　エジプトの壁画の王様も同じような物と、左手に蛇の杖を持っています。エジプトではコブラによって、彗星「冥王星」が表され、日本では白い蛇や大黒さんの持っている白い袋や機織りの白い布や、仏教では一本指の釈迦座像によって表されています。

　七福神では、布袋尊によって表されているように私は思います。布袋尊が手に持っている軍配は、上下・逆さ

にすると弓矢の矢のようにも見えます。それは飛んでき
たことを表しています。背負っている袋は彗星を表して
いると思います。出雲大社の大国主の尊が持っている袋
や、サンタクロースや大黒さんの持っている白い袋です。
それが照る照る坊主で、頭が彗星の本体でスカートのよ
うな物が尾になります。また、淡路島から出た銅鐸を逆
さにすると壺で、中に入っている丸い玉は、星神様（ダ
ビデ）を表していて、鈴を鳴らすための中のひもは彗星
の尾を表しています。ひもに短冊を付けた物が風鈴で、
中にぶら下がっている風を受ける短冊のようなものは、
彗星の尾になると私は思います。そのため風鈴や七夕の
笹にぶら下がっている白い紙に字を書くのは、神様を汚
したことになると私は思います。

　誰かが「私って頭がいい」「良いこと考えた」と彗星
に字を書いたのだと思います（神様が三つで御門）。こ
れは天皇が成り変わっている神様の数と全く同じ数です、
それはエジプトのピラミッドの三つの角を表しています。
ピラミッドの仮の正面に立つと左手前が彗星で片刃の剣
や長刀や弓矢や槍や翼で表され、右側手前が青い鳥・地
球で、勾玉によって地球がどのようにして出来たのかが
表されています。鏡は星神様、天照皇大神の神様で右側
裏にあるビーナス誕生のビーナスに相当します。三角は
御門だけではなく波を表している場合があります。女王
卑弥呼の鏡の裏にある三角が円形で並んでいるように、
それは天のお船、お月様を表しているからです。

伊勢神宮や出雲大社より神様の数が多い伊勢神宮では、鏡によって父なる神様の天照皇大神を表し、鶏で母なる神様、地球（青い鳥）を表しています。出雲大社では兎でお月様を表し、移動の仕方を表しています。また、大国主の尊が持っている（白い袋で彗星）冥王星を表しています。神様は二つだけ、そのため手を二度たたく、人類は星が三度激突してこの世に生まれました。本当は手を三度たたくのが正しいと私は思います。この激突の音が言葉に相当し、その言葉が銅鐸や風鈴の音や楽器の音や歌声になります。

　淡路島から銅鐸が沢山出たという話を新聞記事で見たことがあります。これは瀬戸内海の淡路島を中心とする、奈良や伊勢や出雲や宗像や平泉に匹敵する大きな勢力があったに違いありません。しかしこれでは六つの勢力で、一つ足りません。人類を作ったのは七つの星、ラッキーセブンで、そのためキトラ古墳の天文図に北斗七星が描いてあります、七つの神様のうち一つ足りません。もしかして暗い目、闇夜の目（忍者の集団）か？　歴史学者の奮闘に乞うご期待。

　2014年9月21、22日。アカバ、ヨルダンのペトラ遺跡に行きました。遺跡の手前のバスターミナルから緩い下り坂を30〜40分ぐらい行った所の道の真ん中に、見る方向によって魚や象の鼻に見える岩がありました（魚はお月様を表し、象＝ガネーシャはお月様のお母さん木星を表しています）。そこから間もなく突きあたりのペ

トラ遺跡のエル・ハズネで真ん中の塔の上に骨壺があり、その下に塔の周りを丸い鏡のような物ダビデが取り巻き、また、隣の塔にも並んでいました。すぐ下に波を表すモアイ像の腰や、女王卑弥呼の鏡の裏にあるような月を表す三角の波を表した飾りのような物が並んでいました。左は行き止まりで、右に回って下りながら進んでいくと、左カーブで右の崖の20メートルぐらい上の中腹に王様の霊廟があり、中に入ると広さは畳12畳ぐらい、高さは3メートルぐらいで、突きあたりに祭壇がありました。祭壇の数は全部で六つしかなく一つ足りません。

　フランスの壁掛けの貴婦人と一角獣のように、出雲大社の大国主の尊が持っている白い袋やサンタクロースが持っている白い袋が彗星で、日本では織姫や照る照る坊主に相当する物だと私は思います。カンボジアの水の神様のコブラも同じだと私は思います。アンコールワットの橋の手前にある、七つの頭があるコブラがこれに相当すると私は思います。七つの頭は彗星がお月様に激突して、中の液状物が彗星の外に弾き飛ばされ、自転しながら冷えて固まり、二つに分かれた時に氷の破片が沢山出たので、これを表している可能性があります。人類を作ったのは七つの星なので、それを表している可能性もあります。大きくは二つに分かれました。冥王星（2,370キロ）とカロン（1,200キロ）です。

　奈良県の正倉院のペルシャ・ジュウタンにも七つの花があります。これは人類を作った七の星を表している可

能性が高いと私は思います。七福神やラッキーセブンや七重の塔と同じ意味だと私は思います。ウクライナでは大蛇によって表され、中国では照る照る坊主の右手に持っているほうきや白い龍によって表されています。ヨーロッパでは天使や魔女が乗ったほうきによって表されている物だと私は思います。魔女は太陽のお母さん、ブラックホールに相当する物だと私は思います。

　ブラックホールは1,000億個以上の太陽の子供達を持っています。サケでも卵は2,000〜3,000個が関の山、1,000億個以上の子供を産むのは太陽のお母さんブラックホールしかいません。これはもう魔女。そのため仏教の千手観音は、千手ではなく本当は一千億手観音、また、手は後で引っ込めるという意味だと私は思います。

　サウジアラビアの王様でも子供は約30人ぐらいだと思います。我々が住んでいる天の川銀河系と隣にあるアンドロメダ大星雲がもし約30億年後に激突し結婚すると、引力がある以上ブラックホールとブラックホールが合体して引っ張る力が倍増して、周りの太陽を自分の体の中に全部引き込みます。それは天の川銀河系が滅びることを意味します。これはもう破壊の神様だと私は思います。ブラックホールと周りを回る太陽の速度と引力が吊り合っているので、天の川銀河系を作っています。

　私はエジプトのスフィンクスの近くの壁画で、翼を付けたライオンの壁画を見たことがあります。宇宙に引力がある以上、138光年の宇宙が自転していない限り、宇

宙は収縮して滅亡すると思います。一般的に破壊の神様はワニと馬と魔女（アンドロメダ大星雲）であります。また、アンドロメダ大星雲はバドミントンの羽根のような物によって表されることがあります。破壊の神様の馬は、ウクライナのオデッサのオペラ・バレエ劇場の、前面の左上のレリーフにも見られます。また、イタリアのローマのトレヴィの泉にも、ルーマニアのコンスタンツァにある人類考古学博物館の中にもいます。ワニはインドネシアのジョグジャカルタの、ボロブドゥール遺跡の上に降った雨水を排出する排出口にも付いています。追いかけられているのは私たち人類なのです。

　馬の破壊の神様は、本当は馬の背中に剣を持った人が乗っており、人間の首をはねています。馬だけなのは地球の大きさに対する、生物としての人類の増える速度を表していると私は思います。それは宇宙の時間です。七福神では寿老人に相当する物だと私は思います。

　大黒さんの持っている白い袋が彗星に当たり、山梨県、南アルプス市にある江原浅間神社の三体の女神像のうち、立っている女神像がこれに相当し、富士山の白い雪がこれに相当する物だと私は思います。雪が解けると水になるので那智の滝がこれに相当します。水の中にいるのはカエルやカッパやカワウソなので、カエルやカッパやカワウソによって彗星ヘビ神様を表しています。それがわかって初めて鳥獣戯画の意味がわかります。

　太って座っている女神像は、この花の咲や姫、中東の

ヨルダンでは女神アタルガティスになり、ヨーロッパで
は花の女神フローラに相当すると私は思います。2本の
指は弥勒菩薩のようにお月様に相当すると思います。こ
れは地球で青い鳥。三体の女神像のうちで「地球が一番
大きい」。日本では、お神輿の上にある鶏や、江戸時代
の鏡と言われる鏡の裏にある鶴や松がこれに相当する物
だと私は思います。鶴や鶏によって地球がお母さんの太
陽の周りを飛び回っていることを表しています。また、
蔓草や松や竹やブドウは地球の緑の大地を表しています。
緑の大地とはキトラ古墳の朱色の雀、朱雀、アジア大陸、
口元がイギリスで、体がトルコ、イラン、インド、尾が
マレーシア、インドネシア、ニューギニア島。右の翼が
アジア大陸、左の翼がアフリカ大陸。青龍とは、頭がア
ラスカで尾がチリやアルゼンチン、したがってアメリカ
大陸。玄武がオーストラリア大陸で、勿論ほんとの意味
は太陽のお婆さんだと思います。太陽は桃や亀や狛犬に
よって表されています。

　イースター島（ラパヌイ）のモアイ像が15体並んで
いる眼の前に亀が描かれた石があります。その石を石で
周りを囲われた物が二つあります。亀の夫婦でしょう
か？　仏教ではハスの花やその茎レンコンに相当する、
花祭と言われる物だと私は思います。

　インカではコンドル、ウクライナではキジや鷲、エジ
プトではフラミンゴに当たります。

　座っているもう一人は聖少女かぐや姫（バッカス）で、

これはお月様に当たり、日本では十五夜に当たります。お月様は天のお船であり、船に乗って魚を獲るので、魚や魚の鱗や波によって天の船が表されているのだと私は思います。そのために結婚式でタイなどの魚が出るのだと思います。それで恵比寿さんの持っているタイでお月様を表し、恵比寿さんでお月様のお母さん木星を表しています。鳳凰の尾に描かれた魚の鱗によってお月様が表されています。レリーフには頭に幾重にも被ったスカーフによってお月様の満ち欠けが表されています。仏教では2本指の観音菩薩や帝釈天によってお月様が表されています。弥勒菩薩は髪形や2本指の形、腰の細さや右足を上げている脚の形などで表されています。お月様は2本目の銀の矢、赤い龍は、日本では星神様、天照皇大神の神様といい、エジプトの神様のように、神社の中にある鏡のような物によって表されています。江戸時代の鏡と言われる物です。

　イスラエルやヨーロッパでは星神様（ダビデ）といい、星によって表されています。イスラム教の月と星のように、貝の中にあるパール（真珠）は星を表しています。したがってビーナス誕生とは真珠、父なる神様の誕生を意味します。ビーナスはお月様が蹴っ飛ばして服を脱がせて誕生させたのです。金平糖も星を表しています。それはフランスの6枚の壁掛けを見ればわかります。真ん中に立っている貴婦人が鳥に金平糖を食べさせています。鳥はお母さんの地球、金平糖は星神様（隕石）、宝箱と

29

は地球のことなのです。

「何でもあるのは地球」なのです。宝石箱に入れている真珠、父なる神様（ダビデ）が隕石なのです。奈良県の正倉院の宝物では、銀平脱龍船墨斗の龍によって飛んできたことを表し、赤い色、朱色によって父なる神様を表し、船によってお月様を表し、中の糸によって彗星、蛇神様、知恵の神様を表しています。墨によって太陽のお母さんのブラックホールを表し、朱色は父なる神様の温度を表しています。タバコの温度は約800度で、朱色は950度ぐらいでしょうか？　また、漆胡瓶の壺は、鳥の頭で太陽の周りを飛び回る地球を表し、胴体の丸みで地球を表し、植物によって緑の大地を表しています、それはすなわちお母さんの地球を表しています。また、シカの角によって彗星を表し、カモによってお母さんの地球を表しています。ダビデはイスラム教のモスクの尖塔の一番先にあり、日本では国旗を立てるポールの先端にある金色の玉に相当すると私は思います（太陽と息子ダビデは金によって表されています）。日本では桃から生まれた桃太郎のことです。太郎は男の子の名前です。

　ポールの黒と白のまだら模様は、黒はブラックホール、太陽のお母さんに当たり、また、白は彗星・冥王星に相当すると私は思います。ダビデ像が左手に持っている石がダビデに相当する物だと私は思います。日本では吉祥天が左手に持っている朱色の玉で表され、中国の獅子が左手で押さえていたり口で銜えていたり頭の上に載せて

いる朱色の玉で表されています。ダビデ像は、見ている人の頭をパニックにして誤魔化すためのものであり、日本では仏教の仏像の眉間にある赤い点で表されています。

　仏像や涅槃像は直径138億光年の宇宙全体を表す物だと私は思います。仏像の頭のこぶの一つひとつが直径約10光年〜30光年の銀河系島宇宙を表しています。獅子は太陽のお母さん、ブラックホールに相当すると私は思います。薬師如来立像や七福神の弁財天がダビデに相当すると私は思います。徳川家康でも、子供は約11人産むのが関の山でしょうから、貴方は何人子供を産めますか。太陽のお母さんには1,000億個以上の太陽の子供たちがいます。これはもう魔女。

　彗星は長径が約2,370キロメートルの窒素やメタンの氷の塊で、中が液状になっています。照る照る坊主のスカートみたいな物は窒素やメタンの氷の欠片の尾で、尾の長さは約2,000万キロメートルぐらいだと思います。これが機織りの布のように見えるので、織姫というのだと私は思います。これは冥王星でキトラ古墳のカメ（玄武）を取り巻いている蛇で、一般的にヘレニズムの蛇と言われる3人の男を捕まえている白い蛇がこれに相当すると私は思います。ウクライナのオデッサにあるポチョムキンの階段を上り、すぐ左に曲がり、突き当たりを右に曲がりまっすぐ250メートルぐらい進むと左側に蛇の彫刻があります。正倉院にある螺鈿紫檀の琵琶の後ろにいる、迦陵頻伽の頭の上にいる2匹の蛇が、冥王星とそ

の衛星カロン（直径1,200キロ）に相当するものだと私は思います。イースター島（ラパヌイ）のテンダーボートの船着き場の、右側先にあるトウツカ（？）かお墓のようなものがあり、その下の方に細長く石に囲われた、長さの違う彗星のような物が二つあります。そしてマヤの月の神殿の階段に、春分の日や秋分の日に太陽の光によって映し出される大蛇がこれに相当する物だと私は思います。また、エジプトのクフ王のピラミッドの左手前の古い建物の玄関の上にもコブラが2匹います。

　玄武には二重の意味があるのだと私は思います。四神のうちの玄武はオーストラリア大陸ですが、勿論本当の意味は太陽だと思います。太陽の周りを取り巻いている蛇が彗星・冥王星だと私は思います。お母さんの青い鳥＝地球は、お母さんの太陽の周りを1回まわるのに1年かかり、太陽のお婆さんは、お母さんのブラックホールを1周回るのに、1秒間に約240キロメートルの速度で進んでも約2億年かかります。これはほとんどカメの歩みです。また、モスクの尖塔の2番目がお月様で3番目が地球、4番目が彗星、5番目が太陽でモスクがブラックホール、すなわち天の河銀河系を表していると私は思います。

6. エジプトのピラミッドと
ペルーのマチュピチュ

　ブラックホール、それは強力な引力や重力により、光を出さない暗い目、闇の目。暗夜でもよく目が見える動物がネコ科の動物。魔女の使いの黒猫。それは猫や虎やジャガーやライオンやピューマなど。それはアフリカ大陸やヨーロッパではライオン、アジア大陸では虎、アメリカ大陸ではジャガー、エジプト文明では、ライオンの体に人間の顔のスフィンクス。それはピラミッドの中にいる娘の太陽とその家族を、強力な引力でガッチリ胸に抱き捕まえていながら、そのうえで更に闇夜で鋭い目を光らせて、尾でピラミッドに触りながら見守っています。46億年間、昼も夜も。

　我々が天の河銀河系に住んでいるということは、それは太陽のお母さんのブラックホールの引力に抱かれていることであると私は思います。私は直径十光年の天の河銀河系の中に住んでいます。貴方の腸の中に住んでいる微生物のように。彗星は中東やヨーロッパでは天使やほうき星。インドでは「ナーガールジュナコンダ」。これは冥王星で直径約2,370キロメートル、マチュピチュでは蛇神様、また、左後ろには月の神殿「聖少女かぐや姫」（＝バッカス）。仏教では月光菩薩や弥勒菩薩や如意

輪観音像や十一面観音菩薩坐像や帝釈天で、これはお月様に当たり、また、七福神では毘沙門天。また、お月様は天のお船であり、魚を獲る時には船に乗って獲るので、魚や魚の鱗によって天の船、お月様が表されています。それが恵比寿様の持っているタイ、また、天のお船なので、波によって表されています。波は三角によって表されています。右側手前にはお母さんの地球、青い鳥。マチュピチュでは、鳥のコンドルによって表されています。

　右側後ろには「星神様、父なる神様、天照皇大神」。中東やヨーロッパでは星神様「ダビデ」。仏教では「吉祥天や薬師如来立像」。七福神では「弁財天」。真ん中には太陽のお婆さんがいます。七福神では福禄寿、仏教では日光菩薩、これがマチュピチュでは「太陽の神殿」。これはエジプトのピラミッドの神様の配列とまったく同じ配列です。したがってエジプトのピラミッドは太陽の神殿になると私は思います。それがマヤでは階段の左門からヒスイの仮面が出たといいます。

　ヒスイの色は笹の若葉の色で、笹があるのは地球です、地球が左なら、おそらく父なる神様は右側になると思います。それならば右側後ろはお月様、左側後ろは蛇神様（彗星）になると私は思います、真ん中に太陽のお婆さんがいることになると思います。太陽は指定席、誰も太陽の代わりはできません。椅子に座っている物が太陽になります。それが太陽系です。誰が太陽なのかはフランスのタペストリー、貴婦人と一角獣の壁掛けを見てくだ

さい。

　お月様、聖少女かぐや姫のお母さん、木星は何によって表されているのか。約3,000年前に地中海の東にあった「アッシリア」では魚の頭の付いた魚の皮のマントを着て、腰の辞書に矢を2本挟み、両手首にはブレスレットをはめています。ブレスレットは木星の輪を表し、玉は木星の四つの主な衛星、マントは木星を取り巻くガスを表しています。

　辞書に挟んだ2本の矢は、2本目の矢を表しています。それはイタリアの花の女神、フローラの左手の2本の指を表しています。2本目の矢はお月様で銀の矢、これは聖少女かぐや姫（バッカス）を表しています。また、辞書は知恵を出せ私が誰なのか自分の頭で考えなさいという意味になります、また、辞書はアメリカの自由の女神も左手に持っています。

　1本目の矢は「彗星」蛇神様で、日本では織姫といい、ヨーロッパでは糸を紡いでいる神様が、知恵の神様だと私は思います。紡いだ糸で機を織り、また、3本目の矢は「赤い矢」（愛の矢＝情熱の矢＝ダビデ＝天照皇大神）だと私は思います。辞書や杖や巻物は「知恵を出せ」「自分の頭で考えなさい」と言っています。何かを持った利き手の右手を掲げているのは、我々は地球の引力や重力や太陽の引力やブラックホールの引力や、138億光年の宇宙の引力の中に住んでいることを表しています。

35

それは水や空気より重いアジア大陸やアメリカ大陸やオーストラリア大陸が、なぜ、海の上に約3,000メートルも約8,844メートル42センチも水の上に出ることができたのかを自分の頭で考えなさいという意味だと私は思います。

　引力がある以上、宇宙は全体に猛烈な速度で収縮すると私は思います。即ちこの宇宙は収縮していずれ消えてなくなる運命にあることを私に教えています。宇宙は広いので太陽系がある。この私が住む天の川銀河系まで収縮してくるのには、約30億年という時間がかかると私は思います。その前に、今の文明は自ら滅びると私は思います。それは現在の地球の73億5,000万という人口が40年で倍増し、100年間で4倍の速度で増え続けたらどうなるのか、地球の大きさを考えるとよくわかります。

　地球の大きさを5倍も10倍も大きくすることは私にはできません。また、太平洋や大西洋を埋め立ててアジア大陸を5個も10個も作れません。海が深すぎるため海面が上昇して、肥沃な平野部が水没します。食糧の供給が追いつかなくなり飢餓地獄が訪れます。そのうえで原子力発電所を動かして、熱の七割を海に捨てて海の温度を上げることは、地球の温度を上げることそのものだと私は思います。温暖化等ではありません。原子力発電所が海の温度を上げているのです。

　太陽の活動によって地球の温度が上がったり下がったりするのはごく普通のことだと思いますが、これは殆ど

テロ行為だと私は思います。

　地球の表面の7割は海です。イタリアのローマのトレヴィの泉を見ればすぐわかります。破壊の神様が人類を追いかけています。南極やアルプスやグリーンランドの雪や氷河が全て溶けても、海面は約65メートルしか上昇しません。海面が65メートル上昇した地球を考えて、開発するべきだと私は思います。

　朱色の雀、朱雀はアジア大陸。青龍はアメリカ大陸、頭がアラスカで、尾がチリやアルゼンチン。玄武はオーストラリア大陸に相当すると私は思います。勿論本当の意味は太陽だと思います。また、白虎は南極大陸に相当すると私は思います。南極大陸のパーマー半島が細長く曲がっているので、虎の尾に譬えているのだと私は思います。勿論本当の意味は暗い目・闇夜の目の太陽のお母さん、ブラックホール。

　ピラミッドには五つの角があり、五つの神様が配列されています。暫定の表面に立つと左手前が蛇神様、右側手前はお母さんの地球、青い鳥（エジプトではフラミンゴ）の右側後ろは星神様ダビデ、（天照皇大神）の神様で鏡や松明や真珠や金平糖によって表されています。ギリシャのポセイドンやアメリカの自由の女神のように、エジプトの王様の頭の上にも鎮座しています。鏡を取り巻いている壺は骨壺で、地球は大きな骨壺なのです。ペトラ遺跡のエル・ハズネの一番上に載っています。これはお父さんの天照皇大神の神様と、お母さんの地球、青

い鳥とが結婚した現在の地球の状態、これが合掌、これが夫婦岩、これが私の住む現在の地球の状態なのです。

左側後ろはお月様、聖少女かぐや姫（天の船）、真ん中の角には太陽のお婆さんがいます。誰も太陽の代わりはできません。椅子に座っている者が太陽になります。また、太陽は桃や亀や狛犬によって表されています。「太陽と王子・天照皇大神」は金によって表されています。ピラミッドの右側を奥に向かって強い風を吹きつけると、ピラミッドの後ろに風の渦が出来ます。その渦の下をピラミッドの高さの5分の1の深さ、約30メールぐらい掘ると逆さで金の仮面が出てくる可能性が高いと私は思います。左側でも同じことをして後の渦の下を掘ると、銀の胸当てをしたお月様、聖少女かぐや姫がいます。逆もまた真なり。

かぐや姫の位置から右の角まで線を引き、天照皇大神の位置から左の角まで線を引き、交わった所を30メートルぐらい掘ると、太陽のお婆さんがいる可能性が高いと思います。

そうでなければスフィンクスから北東の角まで線を引き、ピラミッドの真ん中から東に線を引き、まず合った所を30メートルぐらい掘ると太陽の神様が埋まっている可能性が高いと思います。ピラミッドの中の棺は初めから空、目くらましだと私は思います。

なぜかというと第75回ピースボートで使用されていたオセアニック号という船の階段にあったレリーフでは、

太陽の神様は椅子に座っていませんでした。また、ピラミッドの手前は掘っても金目のものはありません。私は自分の通る足の下に太陽の神様が祭られているとは思えません。左手前は彗星、蛇神様（青い衣装を着た少女が横たわる）、右側手前は青い鳥（エジプトではフラミンゴ）地球で、大人の女性が仰向けに寝て足を開き両手を上げて万歳をしています。両手で壺の形を作っています。頭が星神様、右手がアジア大陸、左手が北アメリカ大陸、右足がアフリカ大陸、左足が南アメリカ大陸になります。右側後ろが星神様・天照皇大神の神様、左側後ろが聖少女かぐや姫（バッカス）。神様の配列はペルーのマチュピチュの太陽の神殿と全く同じ配列です。

　ピラミッドの後ろを掘るのは、スフィンクスが後ろを向いているからです。天の河銀河系の主人はブラックホール、スフィンクスの見ている方角が本当の正面だと私は思います、したがってピラミッドの出入り口は見せかけだと思います。マヤの神殿やインドネシアのジョグジャカルタのボロブドゥール遺跡とは神様の配列が違うみたいです。カンボジアのアンコールワット遺跡とは、配列が同じ可能性が高いと思います。

　遺跡に向かうと左側に象のテラスがあり、少し行くと右側の橋の手前に七つの頭のコブラがいて、橋を渡ると四隅に3割ぐらい小さいドームを従えた大きなドームがあり、左側に崩れかけた三つの塔があります、この配列はエジプトのピラミッドと同じ配列ですが、虎もライオ

ンもジャガーも魔女も見当たりません。いったい何処へいったのでしょうか。

　左側の三つの塔がブラックホールやガネーシャと破壊の神様なのか。また、太陽の神様が何処にいるのか。ペルーのシカン文明の遺跡を掘った考古学者になぜ太陽の神殿を掘りながら、太陽の神様を掘らなかったのかを聴いてください。何処を掘り何処を掘らなかったのか。また、私はマヤの神殿の神様の配列図や、ボロブドゥール遺跡の神様の配列図や、仏教の仏像の配列図は見たことがありません。あったら見たいものです。

　私は考古学や天文学を研究したことはまったくありません。エジプト考古学者の吉村作治さんがクフ王のピラミッドの南側で掘った、天のお船お月様に載っている物は太陽ではありません。天のお船とはお月様のことであり、お月様の直径は約3,476キロと小さく、約230万キロメートルと大きい太陽が載っかる代物ではありません。引くことも押すこともできません。太陽系の主人は太陽です。誰も太陽の代わりはできません。太陽は指定席です。椅子に座っている者が太陽になります。乗っているのは太陽の息子で、人類のお父さんの伊勢神宮の神様で星神様、天照皇大神（ダビデ＝エロス）なのです。

　大きさは直径約3,000キロメートルです。また、太陽は天照皇大神にはなれません、自分の太陽系さえ真昼のように明るく照らし出すことはできません。直径約10光年の天の河銀河系を真昼のように明るく照らすには、

太陽の光では元々無理があるのです。大きな火打ち石や
カメラのフラッシュや超新星爆発のようにならないと無
理だと私は思います。これはお月様と星神様、天照皇大
神の神様と激突したことにより、木星と火星の間に元々
あった惑星を撃破した時の惑星のマグマが飛び散った時
の光です。また、天照皇大神の神様と地球との激突の時
の地球のマグマが飛び散った時の光なのです。

　天照皇大神（ダビデ＝ビーナス）と地球との激突に
よって地球内部のマグマが飛び散り、直径10光年のこ
の天の河銀河系島宇宙を、真昼のように明るく照らしま
した。その激突の音が言葉として表されています。また、
揺らぎが踊りとして表されています。本当は引っ張った
のではなく蹴飛ばしたのです。そのために弥勒菩薩は利
き足の右足を上げています。逆もまた真なりなのです。
そのためにお月様の自転の力が打ち消され、お月様の自
転が止まりました。お月様が火星と木星の間にあった惑
星を打ち砕き、ビーナス（父なる神）を誕生させたので
す。お月様は自分より大きい叔父さんの星に戦いを挑み、
激突して打ち勝ったのです。自転している星と自転して
いる星とが激突して自転の力が打ち消され、お月様の自
転の力が打ち消されお月様の自転が止まりました。コマ
やビリヤードの玉のように、惑星に激突して惑星が砕け
たことにより、お月様の移動の速度が落とされて地球の
引力に捕まり、地球の衛星になっています。元々お月様
は地球の衛星にしては大きすぎるのです。

41

元々地球の引力に捕まるような大きさの星ではなかったのです。そのためお月様は1年に3センチずつ、地球の引力を振り切っています。地球の引力を振り切ると太陽の引力に捕まり、太陽に吸収されます。

　我々は太陽の引力の中に住んでいます（兎さんのゴールは亀さんのいる所なのです）。それによって聖少女かぐや姫は豊穣の神様や結婚の神様だけでなく、戦いの神様や防御の神様でもあり、また、善否を判断する審判の神様でもあるのです。そのためスペインのアルハンブラ宮殿やインドの奥地にある宮殿は船の形をしています。また、日本のお城の屋根の上に鯱鉾があり、豊臣秀吉の馬印がヒョウタンの形になっているのです。したがって豊臣秀吉は農民の出でも由緒正しい出だと思われます。

　それによって「星の核ビーナス」が誕生しました。また、ビーナス＝父なる神様のダビデと地球との結婚によってお母さんの地球が金の卵の、緑の大地のアジア大陸やアメリカ大陸やオーストラリア大陸を海の上に跳ね飛ばし押し出して、水の惑星であるこの地球に緑の大地を産みました。

7. 宇宙は玉突きだ。
神様はこの宇宙で壮大な玉突きをした

　水の惑星であるこの地球に、なぜ、緑の大地が出来たのか？　緑の大地をもたらした最初で最大の原因。それは神様のメッセージを携えて、はるか太陽系の外側からやってきた白い1本の矢であります。

　1本目の矢、それが彗星「冥王星」であります。

　では2本目の矢は何か、それは「銀の矢」、それは木星の周りを回っていた木星の衛星のお月様です。お月様には衛星がないので少女で表されています。それは少女の子宮です。それが聖少女かぐや姫（バッカス）で、結婚や豊穣の神様だけではなく、戦いや防御や善否を判断する審判であり、カンフーやサッカーの達人でもあります。1本目の矢のメッセージを素直に受け止め、力強くしっかりと蹴り返しました。打てば響くように、それは見事に3本目の「赤い矢＝愛の矢＝情熱の矢」へと引き継がれました。

　私にはよくわかりませんが、今から42億年か20億年ぐらい前、太陽系の外側からやってきた彗星（冥王星）が木星の周りを回るお月様に激突して、その弾みで太陽の引力と相まって、お月様は太陽の方に飛ばされて、木星と火星の間にあった惑星に激突して打ち砕き、その星

の核を出現させて地球に激突させたことはほぼ間違いありません。ピラミッドやモアイ像や鳥獣戯画やマチュピチュやアンコールワットやキトラ古墳の壁画や仏教の仏像や七福神やヒンドゥー教の神様など、世界中の遺跡やレリーフや壁画等がそれを物語っています。それにより木星と火星の間にあった惑星は砕け散り、惑星の中心にあった核（ビーナス）の部分を誕生させ、それを地球に激突（結婚）させ、母なる地球に金の卵の緑の大地を産ませました。

　お月様の激突によって惑星の核、ビーナスが誕生したのです。つまり、お月様がビーナスを誕生させたのです。それによってこの核（天照皇大神）の神様が地球に激突（結婚）して、地球の表面の約7割を打ち砕いてプレートを跳ね飛ばし、海の上に押し出して地球の中心部に入ることによって、岩石を海の上に押し出して押し留めているのです。

　地球の内部にかかる圧力によってプレートを海の上に押し出して、水の惑星であるこの地球に超大陸ゴンドワナ大陸を作りました。激突した核の大きさが大変大事なのです。お月様のような大きな物では地球は完全に砕け散り、火星の衛星のように小さな物では、地球のプレートに穴をあけるだけで、マイナス270度の宇宙に冷やされてマグマが固まって岩になり、天の岩戸は自動で閉まります。それでは何の変哲もない表面が100％の海の地球です。プレートに穴を開けただけでは緑の大地は出来

ません。表面の100％が海では人類は生まれることも生きることも住むこともできません。地球の表面を動かすためには地球の表面の約7割を打ち砕く必要があると私は思います。半分や6割では満員電車の中のように身動きができないと思います。地球という壺に穴を開けただけでは何の変わりもありません。

　マグマが固まって岩石という個体になったので、水の上に押し出されても下には落ちません。岩石の下にはそれより重たい元々の核やマグマ、ウランや金や銀や鉛や銅や錫や亜鉛や鉄などの重金属があるからです。

　お月様は直径約3,476キロメートルと小さいので、マイナス270度の宇宙に芯まで冷やされて固まっていましたが、木星と火星の間にあった惑星は直径約9,000キロメートルと大きく、芯まで固まっていませんでした。外側は固まっていましたが、卵の白身に当たる部分はマグマで、お月様の激突で簡単に砕け散りました。その破片が取り残されて小惑星となり、軌道に取り残されてセレスとなりました。母なる地球＝青い鳥はネットのように翼を広げ、天照皇大神の神様「ダビデ」をしっかりと受け止めました。そして母なる地球は父なる神様の子供を宿して金の卵の「緑の大地」を産み落としました。

　ダビデの直径は約3,000キロメートルの重金属と鉄の塊で温度は約プラス950度。その熱が朱色によって表されています、その激突によって海の底にあったプレートの約7割を打ち砕き、その一部を海の上に弾き飛ばし押

し出して押し留めて、それが超大陸ゴンドワナ大陸になったのだと私は思います。最初の地球は何千度というガスだったと言われています。収縮して周りから隕石を集めても、何千度で自転しているので平均化されて、勾玉かコマか、あるいはボールのように丸くなったのだと私は思います。

　中心に行けば行くほど重たい物体があるのなら、地球の中心部は重金属で、正面は全て水でないとおかしいと私は思います。私の知る限り地球には水より軽い岩石などは存在しないと思います。地球は重さと重力と引力によって成り立っています。水より重い岩石が海の上に自然に3,000メートルも8,844メートル42センチも隆起することは100％ありえないと私なら思います。大陸のような岩石は最初に海水に冷やされて固まったので、地球全体からみると軽い岩石だと思います。岩石は固体としてあり、その下に鉄のような岩石より重いマグマや地球の核やダビデのような重い物体があるので、沈まないのだと私は思います。それにより地球の核がいくつかに砕け、進行が止まり地球の引力に捕まりました。ずれていれば地球を通り抜け地球は砕け散った可能性が非常に強いと私は思います。それは南米のギアナ高地や南アフリカ共和国のケープタウンにあるテーブルマウンテンが示しています。即ち天照皇大神の神様「ダビデ」がお隠れにならなければ地球が粉砕したことを意味します。

　お月様が天照皇大神の神様に激突した時、天照皇大神

の外側を覆うプレートによって速度がかなり落とされ、やんわりと天照皇大神の核に激突したので、さらに速度が落とされ地球の核にやんわりと激突したので、お月様の激突の速度より天照皇大神の神様の速度はかなり落ちて、秒速9キロぐらいの速度で地球の核に激突したのだと私は思います。

　そのため地球の核を地球の外に弾き飛ばすとか突き抜けるとか跳ね飛ばされるということに至らずに、地球の引力に捕まり地球に吸収されました。突き抜けていれば地球は完全に砕け散ったと私は思います。マイナス約270度の宇宙に晒され人類が生まれることはできませんでした。流動する大きさの違う地球内部の核によって地球の回転軸がバランスの悪いコマや洗濯機のようにぶれます。天照皇大神の神様の激突によって地球の外部から直径約3,000キロメートルに約950度の熱がもたらされました。それによって地球の温度が平均気温プラス約15度に保たれています（14.76）。

　地球の周りを回るお月様の温度は赤道付近でも約マイナス60度と言われ、地球の外側を回る火星の温度は約マイナス55度と言われています。太陽の光による温度だけではプラス15度は保てないと思います。これを私は他力本願というのだと思います。それによって地球の地軸が少し傾きました。地球の地軸を変えるような大きな隕石が過去に少なくとも9回激突していることを物語っています。砕けた破片は周りに取り残されて小惑星

帯になったりセレスになったりしました。また、太陽の方に飛ばされたマグマが、いくつかの塊として自転しながら火星の引力に捕まり、冷えて丸く固まったものがフォボスやダイモスとなり、火星の衛星となりました。それは木星と火星との間にあった惑星との距離が近かったので、まだ完全に冷え切っていないマグマが塊という状態で火星の引力に捕まったからです。

　破片という状態で捕まったのなら川の中の石や海岸の石のように角が削れて、火星の衛星のようには丸くはなれないと私は思います、もっと歪な形をしていたと私は思います。また、ダビデの鉄鉱石の混ざったマグマを大量に浴びて、火星の表面が赤くなりました。それはマグマの鉄鉱石が酸素と反応して酸化鉄になったからだと思います。破片が大量に地球にも激突したり金星に激突したりして、金星の自転の力を打ち消して、自転を遅らせて1年より1日の方が長くなりました。また、水星にも激突して水星の公転軌道を楕円形にして、自転を遅らせました。地球にも大きな霰のように火星の衛星のような岩石や小さな隕石が大量に降り注ぎ、元々あった地球の岩石と区別ができず、隕石が周りにあっても気づきません。前にテレビでどこかの山の上の大きな岩石に北斗七星が彫られているのを見たことがあります。きっと近くに大きな鉄隕石がありコンパスが狂うのだろうなと私は思いました。砕け散った岩石は、太陽の方にも飛ばされたり火星の方にも飛ばされたり地球の方にも飛ばされた

りして、360度全方向に飛ばされて、太陽の方から見て横に行ったり斜め上に行ったり反対側に行ったりして、地球に飛んでくるのに時間差があります。裸の星になった重たい核の激突によって地球の岩石の約7割が砕け、隕石の激突や彗星の激突や、マントル対流等と相まって地球の表面が移動します。また、隕石に跳ね飛ばされたプレートが他のプレートに激突し乗りあげて島が出来たり大きくなったり、大陸に激突して大陸に乗りあげたりして大陸が大きくなったりしたのだと私は思います。

それは北海道の日高山脈の地形を見ればよくわかります。夕張の紅葉山に行って公園の横を流れる川を見れば、岩石が縦になったり横になったりひっくり返ったりしています。南東の方角から西北の方に跳ね飛ばされてきて、今まであったプレートの上に乗りあげて、激突の衝撃で前方が割れて前方に飛ばされて、さいころのように前方に転がっています。その割れ目が夕張の市街地になっています。そのため直径20～30メートル、高さ200～300メートルの木をなぎ倒し、谷間に埋めてプレートで蓋をして木を蒸し焼きにして石炭を作りました。そのため夕張や三笠が石炭の産地になり、日高山脈が弓なりになっているのです。

直径500～800キロメートルの隕石では、バイカル湖を造るのが関の山であると私は思います。天照皇大神の神様「ダビデ」がクレオパトラのように上着を脱ぎ捨てて、素っ裸で地球と結婚したので事なきを得ました、そ

のままの大きさの約9,000キロメートルで地球に激突していれば地球は完全に砕け散っただろうと私は思います。星の3分の1以上の大きさの隕石が星に激突していれば、その星は砕け散ると言われています。お月様が激突していれば地球は完全に砕け散っていました。激突によってプレートが弾き飛ばされ速度と重さと大きさの体積の圧力によって押し出され、超大陸ゴンドワナ大陸が海の上に押し出されました。それはマグマが冷やされた岩石の状態だったからです。マグマなら低い方に流されていき、大陸は出来ませんでした。お月様（聖少女かぐや姫）が父なる神ダビデの服を脱がせたのです。また、ギアナ高地や南アフリカのケープタウンの市街地の真ん中にあるテーブルマウンテンは、天照皇大神の神様「ダビデ」が地球に激突した時の地球の内部のマグマにかかる圧力や、プレートの破片や、ダビデが地球の核に激突して跳ね飛ばされた核の圧力によって、トコロテンのように押し出されました。天照皇大神の神様がハンマーとピストンの役目をしたのだと私は思います。それによって平地から見て約1,100メートル押し出されました。地球は砕け散る寸前だったのです。それをギアナ高地やケープタウンのテーブルマウンテンが示しています。ギアナ高地やケープタウンのテーブルマウンテンが自然に隆起することは100％あり得ないと私は思います。

　ハワイ列島や千島列島のように、熱による圧力や水蒸気の圧力で地球内部のマグマが噴き出し、空気や水で冷

やされて固まったり、地震で島が傾いたりしたのならまだしも、地球には空気や水より軽い岩石などは存在しません。アジア大陸もアメリカ大陸もアフリカ大陸もフロンガスやヘリウムガスではありません。エアーズロックやマウントオルガは、大きな隕石が近くに激突した時の破片が周りに飛び散り、それが飛んできて、上から落ちる破片と、まだ海の中だったオーストラリア大陸とが海中で猛烈な泡を噴き出したことにより、パラシュートの役目をはたして軟着陸して、クレーターが出来なかったのだと私は思います。それはソフトボールを投げたようにやんわりと弓なりに飛んできたからです。

　もし空気中で激突していれば直径40～50キロメートルぐらいの大きなクレーターが出来たはずです。地球の正面の岩石より軽い鉄鉱石等はありません、岩石は地球の表面のマグマが海水によって冷やされ、固まって出来た物だと私は思います、地球は重さによって成り立っています。エアーズロックやマウントオルガは9割が地面に埋まっています。エアーズロックを作った隕石は「ダビデ」より先に地球にやってきたのだと私は思います。大きな隕石がオーストラリア大陸の西のココス島の南辺りに激突して、サハリンの辺りまでひびが大きく入り、大きく壊れたプレートの部分は、隕石の体積の大きさの圧力によってインドネシア、フィリピン、台湾、日本と海の上に押し出して日本列島が出来たのだと私は思います。それは仏像の黄不動の槍が表しています。槍の穂先

がサハリンだと私は思います。

8. ボリビアの首都ラパスとアメリカ大陸

　南アメリカのボリビアの首都ラパスがある盆地は、大きな噴火口の中にある可能性が高いと私は思います、あれは今から約20億年以上前の海底山脈の噴火口（？）で海面下約2,000〜3,000メートルの深さにあったのではないかと私は思います。海底山脈は縦にアラスカから南極まで続いていたのではないでしょうか。そのためにウユニ湖のように塩があります。

　地球に大きな隕石や彗星が激突して内部に急激に大きな圧力がかかり、特別大きな噴火が起こって、山脈の上3分の1ぐらいが吹っ飛んだのだと私は思います。飛ばされた岩石が周りの谷を埋めて比較的傾斜の緩やかな平地が出来たのだと思います。

　アンデス山脈のような大きな山の斜面に、大きな都市や飛行場が出来るような平地が出来るとは私には思えません。また、北海道の羊蹄山の噴火口やスペインのカナリア諸島にあるバンダマクレーターはもっと急斜面だと思います。モンゴル高原や中国の桂林やスペインの聖地モンセラットや南アメリカ大陸は、超大陸ゴンドワナ大陸として（ダビデ）によって跳ね飛ばされ押し出された物だと私は思います。その後隕石や彗星の激突によって

跳ね飛ばされたり、マントル対流等によって大陸が移動したりしたのだと私は思います。それはダビデ「弁財天」によって地球のプレートの7割が打ち砕かれ、地球全体の岩石がバラバラになったからです。

　地球には空気や水より軽い岩石などは存在しません、地球はほぼ丸いので地球は自転しているので遠心力で赤道付近が少し膨らんだり、自転が遅くなり少し細くなったりしたとしても私はそう思います。地球の中心から見ると約7,000メートル押し出されました。

　アンデス山脈は海底山脈だったので、地球の内部から重たい物質を多く含んだマグマが大量に噴き出してきて、金や銀や鉛や銅や錫などが沢山入っている割合が高いと私は思います。山が高ければ高いほど、峰が大きければ大きいほど地球の深い内部からマグマが大量に噴き出してきたので、金や銀や鉛や銅のように重たい物質が沢山含まれている可能性が高いと思います。そのために黄金郷は大きな山の大きな峰の麓にあると私は思います。それによって金や銀や鉛や銅や錫などの産地は、南アメリカ大陸や北アメリカ大陸に多いと私は思います。

　私はボリビアには一度も行ったことはありません、したがってラパスも見たことはありません。テレビで鍋底状態の山の斜面を見ただけです。

9. 人間は水や植物がないと生存できません

　水がないと人間は生きていくことはできません。また、植物も育ちません。人間の体の6割は水で出来ています。植物を食べるか植物を食べた動物を食べるかする以外に、私には生きる手段がありません。肉や魚を食べるには餌になる穀物が約15倍から20倍ぐらい必要になります。そのため植物や穀物を直接食べる方が効率がいいと私は思います、したがって仏教では生ものは食べるなと教えられるのだと私は思います。肉や魚を食べるなというよりも、食べる量を減らしなさいという意味だと思います。腹八分目なのではなく腹七分目なのだと私は思います。お腹があまり減らないのにご飯を食べれば脂肪がつき太り、お腹を減らして我慢すれば脂肪を燃やして体が軽くなって健康になり、イスラム教のラマダン時のように飢餓状態にすることにより免疫力がつき、健康になるのだと私は思います。

　1日に1食や2食の人がいるみたいですが、皆さんはどうでしょうか。私にはとても無理です。現在の地球の人口は約73億5,000万人であり、40年で倍増、過去100年間で4倍の速度で増えました。地球というキャベツを食べ尽くして飢餓地獄になるのは、もう時間の問題であ

ると私は思います。今の地球で自然の状態が残っているのは、もはやブラジルのアマゾン地帯と、インドネシアやマレーシアのボルネオ島ぐらいではないでしょうか。

　人間は本当の悪魔アンドロメダ大星雲が我々の住む天の河銀河系にやってきて、天の河銀河系に激突してそれを破壊するのは約30億年後だと思って安心していましたが、人類の増える速度から見ると疾走する馬のようにやってきて、人類は地球というキャベツを瞬く間に食べ尽くして、自身から文明を滅ぼすのだと私は思います。破壊の神様は馬に乗ってやってきます。インドの破壊の神様カルキンもウクライナの破壊の神様も馬に乗っています。イタリアのトレヴィの泉の馬も人間を追いかけています。イタリアのトレヴィの泉の彫刻は、人類の文明が滅びることを私に教えています。馬より速い人間などはいません。早く逃げようと後ろ向きになって、トレヴィの泉にコインを投げ込んでいましたが、すぐ追いつかれます。馬から逃げようとしているのは私や貴方がた自身なのだと私は思います。

　現在の人口増加率から見ると200年後の地球の人口は約1,000億を超えると思います。少し考えればすぐわかります。試しに3,000年前の地球の人口を逆に計算してみてください。人類の文明は約3,000年から4,000年で食糧の供給ができなくなり、行きづまります。平均深度約4,750メートルの海にアジア大陸を5個も10個も造れません。面積が足りず海が深すぎます。また、地球の大

きさを5倍も10倍も大きくすることは誰にもできません。

　では、地球の隣に地球を造ることができるのでしょうか。それは無理です。現在の人間の能力で行ける場所に青い鳥などいません、隕石が激突しようが彗星が激突しようが核爆弾が投下されようが、人類にはこの地球上以外に生きる場所などありません。

　核爆弾によって水田や麦畑やトウモロコシ畑等が焼き払われる恐れがあります。トルコのカッパドキアのカイマクル地下都市のように、頑丈な岩石の中に地下都市を造るべきです。人類は熱や津波から身を守らなければ生き残ることはできません。たとえ人工の太陽光でも約20〜30分くらい浴びれば大丈夫。食糧のストックは50年以上持つ缶詰にするべきで、3年から3年半分ぐらいの備蓄が必要になります。

　富士山やインドネシアやフィリピンやアイスランドの火山が爆発して火山灰が成層圏にまで噴き上がり、無重力の影響で火山灰がなかなか落ちてこない時には、太陽光が地球に届かないので食糧の生産ができず、文明が滅びる恐れがあります。缶詰なら海に流されても、缶に穴が開くまで食べられます。植物の種のストックも必要です。

　人類は鍾乳洞や鉱山跡やトーチカや地下都市等あらゆる手段を使い、熱や津波を防ぐ方法を考えて、地下水の位置や水位も地球規模で調べるべきだと思います。トレ

ヴィの泉では、私から見て右側の槍を杖代わりに持っている人は左側に蛇がいて、蛇神様を表しています。これは彗星で冥王星を表しています。真ん中で貝を背にしているのは父なる神、星神様。天照皇大神の神様で「真珠」（ビーナス誕生）を表しています。七福神では弁財天、仏教では吉祥天や薬師如来像。左側で足元に壺を置いているのはお母さんの地球・青い鳥で、花の女神フローラを表しています。日本式ではこの花の咲や姫。

　壺は骨壺で地球自体を表し、口の大きい壺は大人の女性の子宮を表しています。人類は地球の引力を振り切ることはできません。死ねば皆お母さんの骨壺に入るのです。壺から水が永久に無限に出てくることは100％ありません。あれは人間の活動によって南極やグリーンランドやアルプスの氷河や雪が春の雪解けのようにどんどん解けて海面が約65メートル上昇して肥沃な平野部が水没し、食糧の生産を失うことを表しています。

　原子力発電所は熱の7割を海に捨てて海の温度をどんどん上げています。地球の表面の7割が海なのです。海の深さが4,750メートルあっても、海の温度を上げるということは地球の温度を上げることそのものだと私は思います。原発は熱を出さずに電気を作っている訳ではありません。これは人類や陸上の生物に対するテロ行為です。地球の温度が上がり、ブラジルのアマゾン川流域が水没したら一体どうするのでしょうか。酸素を吐き出し、二酸化炭素を吸収する広大な森林を失うことになります。

七福神では大黒天。原発が出来る前には北極海の上に大型貨物機が楽々着陸できました。着陸できなくなったのは原子力発電所が出来てからのことです。トレヴィの泉は太平洋や大西洋を表しています。イルカやクジラが泉にいることは100％ありません。

10. 原子力発電所と食糧

　食糧不足の起こるこの地球で原子力発電所を動かして熱の7割を海に捨て、太平洋や大西洋の温度を上げて一生懸命地球の温度を上げて「クリーンです」「温室効果ガスの二酸化炭素は出しません」「ただちに影響はありません」などと言いながら北極海の氷を溶かし、南極大陸や周辺の雪や氷河を溶かして海流を変え、気圧配置を変えて異常気象を引き起こし、シベリアやアメリカ合衆国を干ばつにして集中豪雨をもたらして、やがては気候の変動をもたらして、ブラジルのアマゾン川流域を水没させて、植物からの酸素の放出や二酸化炭素の吸収を止めたら、地球の気温が急上昇して海面が上昇すれば飢餓地獄が待っています。

　中国や北朝鮮に集中豪雨や干ばつをもたらして、アルプスの雪や氷河を溶かしグリーンランドの雪や氷河を溶かし南極の雪や氷河を溶かし、海面を65メートル上昇させて肥沃な大地を水没させて飢餓地獄をもたらそうとしている人たちがいます。水没するのはキリバスやベネチアだけでありません。日本の海にもつながっています。世界中の平野部がほぼ水没するのです。海面の上昇によって地球から砂浜が消えてなくなったら、ウミガメは

一体何処に卵を産めばいいのでしょうか。地球の生態系にも大きな影響を与えます。電力会社はどんな責任を取れるのか、飢餓地獄が待っています。地球の表面の7割は海であり熱の7割を海に捨てるということは、地球の温度を上げることそのものであると私は思います。

　北極や南極の氷が溶けないはずはありません。現に北極では夏から冬にかけほとんど海に氷がありません。また、南極大陸でも、夏になるとパーマー半島の付け根辺りでは北向きの日当たりの良い所の雪や氷が溶けて、葉っぱの狭いイネ科の植物のような植物やコケ等が生えています。また、体長10ミリ、太さ2ミリぐらいの毛虫のような虫が、岩の上の水たまりで何十匹もうごめいています。

　2013年2月9～11日、ドレーク海峡は波が6～7メートルでしたが、南シェトランド諸島やパルマ群島まで行くと、殆ど波はありません、気温は昼間にはプラス4～5度でした。また、私が子供の頃には北極海に大型貨物機が楽々着陸できました。現に2015年3月24日南極半島の北端では＋17.5度になっています。1974年1月5日には14.6度になっています。原子力発電所の数と反比例しているのではないでしょうか。5個や10個の原子力発電所なら何の問題もありませんが、しかし400個や500個以上になれば地球という部屋の温度は必ず上がると思います。いくら温室効果ガスの二酸化炭素を出さないと言っても、部屋の中でストーブを焚けば地球という

部屋の温度は必ず上がります。原子力発電所は、熱を出さずに電気を作っている訳ではありません。熱の7割を海に捨てるような原子力発電所は造るべきではないと私は思います。また、津波の対策も不十分です。

　旧約聖書に出てくるノアの方舟は、トルコのアララト山の2,300メートルの高さの所に存在すると、見てきたという人が言っていました。船はバラバラになっていましたが、存在します。私は2012年3月頃に方舟を見てきたという人に話を聞いたことがあります。約2,300メートルの高さの所にあるということは、少なくとも約2,300メートル以上の大きな津波がこの地球上で発生したことを物語っています。

　津波によって原子力発電所が壊れると平地が放射能に汚染され、300年～400年間は使えなくなります。アンデス山脈やモンゴル高原に逃げたとしても、もう戻れません。福島沖の東日本大震災の前にも、奥尻沖の地震でも、インドネシアのスマトラ沖の地震でも、60年ぐらい前のチリの地震でも30メートルを超えるような津波が来て、3,000人以上の人が実際に死んでいます。カリフォルニア断層が崩れたら高さ300～400メートルぐらいの津波が来ないとは限りません。太平洋に隕石や彗星が激突しない訳がありません。私は地球や太陽の引力の中に住んでいます。そんなこともわからないような人は裁判官や原子力規制委員会から排除するべきです。この地球で過去にマグニチュード9.5度の地震が起こってい

るのに、貧乏揺すりのような、たかがマグニチュード
9.0度の地震で壊れるような原子力発電所を造るのはテ
ロ行為に等しいと私は思います。地震や高々30〜40
メートルぐらいの漣みたいな波で、すぐ壊れるような戦
後のブリキ玩具みたいな原子力発電所を造ったり許可し
たりした人は財産を没収して懲役10年以上の厳しい罰
を与えて、原子力発電所関連から排除するべきです。

　日本は火山地帯にあります。地熱発電所をもっと沢山
造るべきです。登別の地獄谷や洞爺湖の昭和新山の周り
にも地熱発電所を5、6個ぐらい造るべきです。たとえ
国立公園の中でも地下に造ればいいと思います。どうせ
今の文明は約150年で食糧が供給できなくなり、行きづ
まります。トレヴィの泉を見ればすぐわかります。燃料
の多角化のため、石狩湾新港に重油やシェールガスや石
炭火力発電所を3か所ぐらい、室蘭の新日鉄住金の中に
も3か所ぐらい必要です。40〜50年経ったぐらいで故
障するような火力発電所では信頼がありません。これは
ほとんど悪質なテロ行為です。たとえ電力会社の役員を
重罪にして財産を没収しても追いつきせん。ギアナ高地
や南アフリカのテーブルマウンテンが出来るような地震
が起こったら一体どうするのでしょうか？　日本政府は
漁民と喧嘩しながらどうせ水没する海を埋め立てるので
はなく、仕事のない若者を雇い、海抜75メートル以上
の土地に段々畑や地下都市を造るべきです。過去にこの
地球上でマグニチュード9.5度の震度の地震が起こって

いる訳ですから、少なくとも熱を外部に出さずマグニチュード10以上の震度や津波や熱やジャンボ機やミサイルの激突にも耐えられるように、厚さ200～300メートルの地下の安定した強固な岩盤の中に、完全に密封されて防水された原子力発電所を造るべきです。原子力潜水艦は約千メートルの深海に潜っても何の問題がありません。また、電気は地下配線で火力発電所や水力発電所から直接3回線以上の配線で供給するべきです。

11. 使用済み核燃料棒を原子力発電所に保管するのは極めて危険

　使用済み核燃料棒は原子力発電所に保管せず、すぐ処理するべきです。いつ津波が襲ってくるか誰にもわからないからです。今の天文学や技術では、いくら毎日空を見張っていても、隕石や彗星が地球に激突することがわかるのは、大きい物でも1年半ぐらい前ではないかと思います。太平洋や大西洋に隕石や彗星が激突すると、ノアの方舟の時のように約500〜1,000メートルの津波がすぐ来るのは、ごく普通のことだと思います。

　ノアの方舟を見てきた人の話では、海抜約2,300メートルの高さにあるという話でした。方舟はバラバラになっているそうです。

　日本では雨が沢山降るので気がつかないかも知れませんが、2,300メートルは雲の上の話であり、雲の上では雨は殆ど降りません。雲は普通1,700〜1,800メートルぐらいの高さにあります。雨粒を含んだ雲は重いので、それ以下になると思います。雨が降っている時には、札幌市内から約1,024メートルの手稲山の山も約531メートルの藻岩山も見えません。雲が地表近くまで降りてくるからです。

　しかもアララト山は地中海の東、サウジアラビアの西

北にあり、雨が沢山降る所のようには見えません。

　お月様の表面を見ればすぐわかると私は思います。お月様の表面はびっしり隕石の激突の後が隙間なく並んでいます。現在お月様は地球の周りを回っています。地球の地軸は過去9回変わっていると言われています。少なくとも地球の表面が全てマグマなら、隕石や彗星が激突しても傾きは変わらないと私は思います。変わったのは超大陸ゴンドワナ大陸のような大陸が出来てからだと思います。地球の地軸を変えるような火星の衛星のフォボスやダイモスのような隕石や彗星が、少なくとも過去9回地球に激突したのだと私は思います。お月様より地球の方が約6倍も引力が強いので、お月様に激突して地球に激突しない訳はありません。

　隕石や彗星が地球に激突すれば原子力発電所や核燃料棒の保管場所が壊れて放射能に汚染され、約300～400年は平野部が使えなくなる可能性があります。

　20～30年は生きられても、その民族は遺伝子が破壊されて、縄文人や弥生人やモヨロ人のように滅びると私は思います。モヨロ人は小樽のオタモイの洞窟の中に私の子供の頃までまだ生きて生活していました。

　飛んできたマグマが火星の引力に捕まって衛星になったように、金星や水星に激突したような大きな隕石が地球に激突しないとは限りません。私はそう思います。隕石が落ちるのはロシアのシベリアやニカラグア共和国だけではありません。世界中に激突する可能性があるので

す。現に日本の南極観測隊が南極で14,000個以上の隕石を拾っています。

　ウクライナのチェルノブイリ原子力発電所よりも、日本で稼働中の原子力発電所の方が3倍も4倍も大きいので、深刻な事故になると沖縄県を除く日本のほぼ全てが放射能で汚染されるところでした。だから外国人は福島県沖の地震で起きた東京電力福島第一原子力発電所の放射能漏れから逃れるため、大阪や九州ではなく本国に逃げ帰ったのです。

　ウクライナのチェルノブイリでは南北約800キロ、東西約400キロメートルが高濃度で汚染されています。当時のソビエト連邦の大統領であるミハイル・ゴルバチョフ氏のペレストロイカによってソビエト連邦から出てきた情報を元にして、日本ではチェルノブイリ原子力発電所周辺の汚染地図が2,000部ほど作られています。

　また、日本列島のほぼ真ん中の若狭湾に原子力発電所が集中しているのは極めて危険だと私は思います。一基でも故障すると汚染状態によっては他の原子力発電所に近づくことができず、他の原子力発電所を制御できなくなる恐れがあります。また、沖縄を除く日本列島のほぼ全てが汚染される危険があります。

　津波を防ぐ防波堤の高さが6.5メートルだとか7.5メートルだとかいう話は馬鹿げていると私は思います。7.5メートル以上の津波が来たら一体どうなるのでしょうか。現に過去にチリやインドネシアや日本でも30

メートルを超えるような津波が起こっています。

　原子力潜水艦のように一つひとつ密封されて完結された発電所にするべきです。また、電気は火力発電所や水力発電所から直接地下配線で三系統以上の配線にするべきだと思います。いつ橋が落ちたり建物の崩壊で通行止めになったりするかわかりません。電源車は大型ヘリコプターに搭載できる大きさや形に統一し、コンセントも全て統一し、地震に備えいつでも移動できるように大型ヘリコプターに積める小型重機を開発するべきです。

　また、地震後にヘリポートを造るのに時間がかかりすぎています。阪神淡路大震災の時には最初何が起きているのか誰もわからず、事態を把握するのに時間がかかりすぎました。福島沖地震では原子力発電所があるのに問題を甘く見すぎていました。

　いったい何が起こっているのか確認するため、戦闘機やヘリコプターにカメラを付けて低空から撮影して1秒でも早く事態を確認して、銃剣を付けて短機関銃を持たせた落下傘兵や特殊自衛官を飛行機やヘリコプターで急いで現場に移動させ、ヘリからロープで地上に下ろすなどして最初のヘリポートを素早く造って、自衛官を1,000人ぐらい直ちに派遣して障害物を取り除き、大型ヘリを着陸させ、小型重機を5機か6機下ろしてヘリポートを造り、発電所や使用済み核燃料棒を保管している燃料プールに、ヘリポートから電源車が行けるように、直ちに道を造るべきだと思います。

68

12. 宇宙は収縮する

　私が住んでいる天の河銀河系とアンドロメダ大星雲が激突するということは、それは宇宙が外側から猛烈な速度で収縮していることを意味していると私は思います。もし拡大しているのなら間隔が離れないとおかしいと私は思います。私が知る限り爆発で飛び散った花火の火の粉と火の粉が密着することは100％ないと思います。

　地球や太陽系や天の河銀河系や138億光年のこの宇宙は引力と速度によって成り立っていると私は思います。宇宙が引力によって成り立っている以上、直径138億光年のこの宇宙全体が高速で自転していない限り遠心力がないので、物体と物体が引き合う以上銀河系と銀河系が合体し、ブラックホールとブラックホールが合体して引っ張る力が倍増して、周りの太陽を自分の体の中に全部引き込んでしまい宇宙は収縮すると思います。

　つまり一千億手観音は手を引っ込めると私は思います。そういうブラックホールもまた、ブラックホールとブラックホールが合体して宇宙全体が収縮し、ビッグバンの元の位置に集約されると思います。約3,000年前のアッシリアの神様やウクライナのオデッサにある旧帝政ロシアの皇帝の夏の離宮の彫刻や壁画やレリーフが（現

在のオペラ、バレエ劇場)、なぜ、水の惑星であるこの
地球に人類が生まれることができたのか、人類の文明が
滅び、人類が滅び、地球が滅び、この直径138億光年の
宇宙が滅びることを私に教えています。ウクライナのオ
デッサにあるオペラ、バレエ劇場の屋根の上にある四つ
の真実の口は、私にそう言っています。私が住むこの天
の河銀河系にアンドロメダ大星雲が激突し天の河銀河系
を破壊するのは、今の人類の文明が滅びた約30億年後
になると私は思います。

13. 地球は、なぜ出来たのか

　神様は角々に宿るといいます。ビルの谷間を北風が強く吹きぬけ、ビルの角で旋風が生まれるように、何千度という高温ガスが宇宙の密度の低い所に急激に沢山流れ込んで渦を巻き、勾玉やコマやボールのように自転しながら丸くなり、マイナス270度の宇宙に冷やされてマグマが岩石になり、この地球が出来たのだと私は思います。

　地球は重さと重力と引力と速度によって成り立っています。自転速度が速すぎると脱水機のように全ての物体が吹き飛ばされて何も残らなくなるし、遅すぎても丸くはなれないと思います。本来、地球の表面は100％海にならないとおかしいと私は思います。

　空気や水蒸気によって宇宙と熱交換が行われ、水によって冷やされてマグマが固まり岩石が出来たのなら、岩石は2,600 ～ 3,000メートルぐらいの海の底にないとおかしいと私なら思います、そこに直径約3,000キロメートルで約950度の熱を持った重金属と鉄の塊が外部からやってきて、地球に激突して表面の岩石の約7割のプレートを打ち砕き、体積と重量と速度によってプレートを海の上に跳ね飛ばし、押し出して地球の内部に入ることによって、超大陸ゴンドワナ大陸を海の上に押し留

めて現在の地球を作ったのだと私は思います。

　元々の地球の核やダビデのような重金属や鉄のように重たい物体が下にあるため、押し出された大陸は岩石という塊の状態なので海の上にそのまま押し出された状態が現在の地球だと私は思います。もし大陸の下にある物体が大陸より軽ければ、激突の圧力によって一旦跳ね飛ばされ押し出されても、重さによって成り立っている以上、元の海の下に押し下げられると私は思います。福岡県博多駅前の地下鉄工事による道路の陥没事故のように、地球の7割が打ち砕かれたことにより、地球の岩石は冥王星のように一旦バラバラになり、隕石や彗星の激突やマントル対流等によって大陸が移動するのだと私は思います。

　5〜6割では満員バスの中のように簡単に身動きができないと思います。おそらく4割のプレートの塊があれば地球の表面は簡単には移動しないと思います。プレートは地球の表面が海水によって冷やされて固まったので、地球全体から見ると軽い岩石としてあり、固体の状態なのでマグマより軽く、マグマやダビデや地球の元々の核の上に安定した状態で浮いているのだと私はそう思います。地球に引力がある以上、水より重い大地が自然に隆起することは100%ないと私は思います。

　空気や水よりも重い岩石が自然に隆起するのであれば、川の中や海の中や岩石の上に転がっている石が隆起して空に舞へ上り、地球の表面に転がっている訳がありませ

ん。地球の中心部に行けば行くほど圧がかかり、密度が大きいので、同じ体積でも重くなるはずです。ただの骨より化石の骨の方がはるかに重いように、地球が出来てすでに約46億年が経つのに、外に転がっている小石は国際宇宙ステーションを超えて空に上っていき、太陽の光を遮っていません。

14. 真の父と母と私

　天照皇大神の神様「ダビデ」は仏教では吉祥天や薬師如来像や梵天座像、七福神では弁財天で、鏡や松明や楽器によって表されています。

　神社の中やエジプトの王様の頭の上やカワウソの頭の上や、エジプトのクフ王のピラミッドの南側から出た天のお船の上にも鎮座しています。鏡を取り巻く壺が母さんの地球＝青い鳥で、鏡と鏡を取り巻く壺がお母さんとお父さん、鏡がお父さん、鏡を取り巻く骨壺がお母さん、それを表している物が日本の銅鐸や風鈴です。釣鐘のような物がお母さんの骨壺の地球で、中に入っている丸い玉がお父さん、これが鏡で中にぶら下がっているひもや短冊のような物が彗星の尾で一般的には蛇神様で、日本では織姫といい、壺にお父さんが入っている状態が銅鐸や風鈴、これが現在の地球の状態、お父さんのダビデ（真珠）とお母さんの地球（青い鳥）が激突して結婚した状態が合掌、これが結婚。これを成し遂げた物がお月様（お月様には衛星がないので未婚の女性）によって表されています。それは女性の子宮を表しています。それがヒョウタンによって表されています。

　それが聖少女かぐや姫やバッカス、そのお月様に仲人

を指導したのが知恵の神様で、それが彗星、それが蛇神様で、これを日本では織姫といい、これが風鈴や銅鐸の真ん中にぶら下がっているひもや短冊であると私は思います。

日本でも神社の中に鏡のような物があり、鈴がぶら下がっています。注連縄にも白いヒラヒラした彗星を表す紙や、稲藁を束ねた物や、シゲ草を束ねたような物がぶら下がっています。江戸時代の鏡と言われる物をよく見ると、裏に鶴がいて松の木があります。それは鶴が地球自体を表し、松は地球の緑の大地を表しています。したがってそれはアジア大陸やアメリカ大陸やオーストラリア大陸を表しています。仏教では黄不動、青不動、赤不動というものだと思います。

鳥によってお母さんの地球が表され、太陽のお婆さんの周りを飛び回っていることを表しています。松によって緑の大地、アジア大陸やアメリカ大陸やオーストラリア大陸などの緑の大地を表しています。その大地からこの私＝人類が生まれました。

仏教では彗星が文殊菩薩、七福神では布袋尊で表されています。また、お母さんの地球が正倉院の螺鈿紫檀の琵琶の後ろにいる迦陵頻伽で表されています。頭にいる2匹の蛇が彗星で、冥王星（2,370キロ）とその衛星カロン（1,200キロ）です。太陽のお母さんの周りを飛び回っていることを表しています。お神輿の上にも鶏がいます。音の出る物によって父なる神様、天照皇大神の神

様が表されています。

　神様はまず初めに言葉がありました。その言葉を音の出る物、笛やハープや琵琶や太鼓のような打楽器やオルガンや歌や踊り等で表されています。鳥居はお父さんの天照皇大神の神様と、お母さんの青い鳥＝地球とを隔てるためにある物だと私は思います。鳥居を潜ると、そこは天照皇大神の神様の聖域になります。それは鳥居まではお母さんの領地になるということです。そのため私達は普段お母さんのお腹の上で暮らしています。

　新年に夜が明けぬ前の暗いうちに神社に行くということは、太陽のお婆さんが来る前にお父さんに新年の挨拶をすることを意味するものだと私は思います。

　また、地球の表面で暮らすということは、青い鳥に抱かれて暮らすことだと私は思います。滝に打たれたり海に入ったりガンジス川で沐浴したり五体投地したり大地に寝そべることはお母さんの青い鳥＝地球と一体になることを意味し、死んで地球の大地に帰ることはお母さんのお腹に帰ることを意味するものだと私は思います。この地球自体が大きな骨壺なのです。私には地球の引力を振り切る力はありません。何処で死のうがお母さんのお腹に帰るだけなのです。人が死んで大地に帰るのはめでたいことになるのだと私は思います。そのため人間がめでたいのは生まれた時と結婚した時と死んだ時と言われるのだと私は思います。

　死なない人間などいません。善人も悪人も全ての人間

が必ず死にます。地球上の全ての生物がお母さんのお腹に帰ることができるのです。地球の引力を振り切れる人間など何処にもいません。お母さんは誰も拒まず黙って、全てを受け入れてくれるのだと私は思います。1,000年も10,000年も生きていたら、人類は地球というキャベツを瞬く間に食べ尽くして自ら文明を滅ぼすことでしょう。（トレヴィの泉を見よ）（合掌）

15. 神様は世界中に祭られています

　エジプトのクフ王のピラミッドの左手前にある、旧い建物の出入り口の上にも、父なる神様（ダビデ）を表す丸い鏡のような物と、後ろに青い鳥の地球を表す翼が見えました。また、左右に彗星を表す白い蛇であるコブラがいました。

　奈良県にある正倉院の宝物である琵琶の裏側に描かれた、迦陵頻伽の頭の上にいる2匹の蛇のことです。それは太陽系の外側からやってきた彗星である冥王星がお母さんの木星の周りを周っているお月様に激突して、大きく見て二つに分かれたので白い蛇は2匹になったのだと私は思います。

　イタリアのサン・ピエトロ大聖堂の玄関にも大きな松毬があり、両脇に地球（大黒天＝インドラ＝多聞天）を表すクジャクがいて、下の方の両脇に太陽のお母さんのブラックホール（大自在天＝魔女＝阿修羅＝阿弥陀如来＝千手観音＝シバ神）を表すライオンがいました。

　また、太陽のお母さんのブラックホールは強力な引力や重力で光を出さず暗い目・闇夜の目のネコ科の動物で表されています。日本では招き猫のことです。なぜなら我々は太陽のお母さんのブラックホールの引力の中に住

んでいます。最終的な行き先はブラックホールに吸収される運命にあります。

　ギリシャのパルテノン神殿の近くにも屋根の上から取り外されて、風雨に晒されて小さくなった2匹のライオンの彫刻が近くに置いてありました。即ち私たちはライオンに抱かれ見守られているのだと思います。

　ペルーのマチュピチュの神殿も太陽の神殿（太陽＝福禄寿＝日光菩薩）と、彗星（冥王星）を表す蛇神様（織り姫＝布袋尊＝釈迦座像＝ナーガールジュナコンダ）と、月の神殿（お月様＝バッカス＝毘沙門天＝聖少女かぐや姫＝帝釈天＝十一面観音立像＝ディアナ＝弥勒菩薩半跏像＝観音菩薩＝月光菩薩）と、地球を表す鳥のコンドル（鶏＝鶴＝フラミンゴ＝クジャク＝白鷺＝キジ＝骨壺＝インドラ＝ブラフマン＝青い鳥＝迦陵頻伽）と、父なる神様を表す星神様（ダビデ＝弁財天＝鏡＝梵天座像＝太鼓＝琵琶＝ハープ＝オルガン＝笛＝天照皇大神の神様＝薬師如来立像＝妙音天＝サラスバティー）、また、帝政ロシアの旧皇帝の夏の離宮である現在のオペラ・バレエ劇場にも、太陽のお母さんのブラックホールを表す魔女（ライオン＝シバ神）と破壊の神様を表す馬がいて、翼を付けたテンス（冥王星）や、ハープを両手に持ったダビデや、松明を左手に持った父なる神様（ダビデ＝天照皇大神の神様＝雄牛の角）がありました、また、お母さんの地球を表すクジャクや船の錨がありました。

　右手に植物の葉を持って左手に何かを持って掲げてい

79

る聖少女かぐや姫や、ルーマニアのコンスタンツァにある人類考古学博物館には、とぐろを巻いている白い蛇や雄牛の角の上にダビデの星があり、左側に鷲がいてその上に十字架のある紋章のような物がありました。

　近くの醸造所には、ワインの入った壺を右手に持って飛んでいる聖少女かぐや姫（バッカス）の絵がありました。キリスト教では、壺に入ったワインによってお月様が表されています。それはブドウによって作られているので、お月様によってもたらされた地球の緑の大地を象徴しています。お月様は結婚の神様だけではなく、豊穣の神様でもあり、戦いの神様であり、防御の神様でもあります。地球に何を激突させて地球を改造するのか、その善否を判断する審判でもあるのです。

　そのために日本のお城の屋根の上には鯱鉾があり、スペインのアルハンブラ宮殿は船の形をしています。

　アルハンブラ宮殿の中にはビーナス誕生を表す貝が壁に描かれてありました。ローマのトレヴィの泉に三体並んでいる彫刻のうち、真ん中にある貝を背にしている一体は真珠（ビーナス）を表していて、それはお星様を表し、父なる神様を表しています。それはエジプトのクフ王のピラミッドの南側から出た天のお船（お月様）に載っている太陽のように見える星神様（父なる神様＝天照皇大神＝エロス）の神様で、伊勢神宮の神様（ダビデ＝鏡＝天照皇大神＝言葉＝楽器）に相当します。

　お月様は水の惑星であるこの地球とダビデとを結婚

（激突）させて、青い鳥のこの地球に金の卵の緑の大地を産ませた原因を作った星の一つなので、豊穣の神様でもあり、結婚の神様でもあります。日本ではおおむねお神酒（バッカス）に相当すると私は思います。それはお酒が穀物や果物から出来ているからです。

　お月様は直径約3,476キロと小さいので直径約230万キロの太陽を載せることも曳くこともできません。現在は太陽のお母さんのブラックホールでも太陽を曳くことは無理なのです。そのため天の川銀河系を作っています。お月様は太陽を曳いているのではなく、ダビデを載せています。本当は、お月様はダビデにロープを付けて曳いたのではなく、後ろからこっそりと蹴飛ばしたのです。そのためビーナスを誕生させる時に（叔父さんの服を脱がせた時に）叔父さんに自転の力を打ち消され、お月様の自転が止まりました。

　ビーナス誕生前の叔父さんの直径は約9,000キロメートルです。そのため弥勒菩薩は花の女神フローラのように利き足の右足を上げていて指を2本出しています。

　また、2本の指は2本目の矢を表しています。それはお月様である2本目の矢＝銀の矢を表しています。

　お月様は移動の仕方から出雲大社では兎として祭られています。それは兎の移動の仕方のホップ・ステップ・ジャンプを表しています。兎は人に出会うと驚いて150メートルぐらい逃げて一旦立ち止まり、その後、後ろを振り返ります。兎さんのお月様は、今はちょっとひと休

81

みしています。それが地球の引力に捕まり地球の周りを回っている現在の月の状態なのです。

　地球の引力を振り切ると、今度は太陽の引力に捕まり大きくジャンプします。それは金星や水星を飛び超えて太陽の引力に捕まり、太陽に吸収されることなのです。そのため兎さんのゴールは太陽・亀さんのいる所なのです。そのため今の地球の引力に捕まり地球の周りを回っている状態は、ジャンプするためのちょっとひと休みなのです。

　大国主尊やサンタクロースや大黒さんが持っている白い袋が彗星・冥王星で、蛇神様がヘレニズムの蛇に相当して「照る照る坊主」に相当する物だと私は思います。捕まっている3人の男が父なる神様の「エロス」に相当します。ただし太陽のお母さんのブラックホールがアンドロメダ大星雲と結婚すれば別の話です。

16. 十字架は何を表しているのか

　キリスト教徒の十字架は鷲の足によって表されている
物だと私は思います。

　ルーマニアのコンスタンツァにある人類考古学博物館
の3階に雄牛の角の上に星があり、左側の鷲の左肩の上
に十字架がある紋章のような物がありました。よく見る
と、毛のない足の部分が十字架にそっくりでした。鳥に
よって地球が表され、鳥の足によって十字架が表され、
十字架によって人間や地球やピラミッドが表されていま
す。前2本の指と後ろ1本指、そして脛です。太陽系が
表されているのだと私は思いました。

　頭が天照皇大神（ダビデ）、おへそがお母さんの地球
（青い鳥）、左肩が彗星（冥王星＝織姫＝蛇神様）、右肩
がお月様（聖少女かぐや姫＝如意輪観音＝バッカス）、
指を差さなくても真ん中には心臓（太陽＝狛犬）があり
ます。これが太陽系の「十字架」です。

　誰も太陽の代わりはできません。指定席に座っている
のが太陽に当たります。しかし第75回ピースボートで
使われていたオセアニック号の階段にあるレリーフでは、
太陽の神様は椅子に座っていませんでした。それはピラ
ミッドの中の棺は、初めから空であることを表している

83

と私は思います。

　私には自分の足の下に太陽の神様を祭っておくとはどうしても思えません。それはスフィンクスが見ている方角が本当の表面になるのだと私は思います。そのためピラミッドの出入り口の裏側に太陽のお婆さんがいることになります。ライオンはネコ科の動物、太陽のお母さんの暗い目・闇夜の目のブラックホールをネコ科の動物によって表しています。アフリカ大陸やヨーロッパではライオン、アジア大陸では虎、アメリカ大陸ではジャガー等、日本では招き猫だと私は思います。

　我々地球に住む生物は全て太陽のお母さんのブラックホールの引力の中に住んでいます。それは即ち人類は全て太陽のお母さんのブラックホールに鎖で繋がれた自由の女神のように拉致されていることなのです。我々人類は全てブラックホールの引力の中に住んでいます。ブラックホールの引力を振り切ることは誰もできません。最終的には全てブラックホールの引力に吸収されるのです。そのための招き猫なのです。

　お月様が生まれるためには何が何でもお月様のお母さん木星が必要になります。スフィンクスの左側にお月様のお母さん（木星）を表す象（ガネーシャ）が必要になります。ガネーシャがなければ、魚の頭に魚の皮のマントを着た、地中海の東にあったアッシリアの神様が必要になります。ナイル川の上流にあるスーダンの遺跡やマヤの遺跡の左側や、ヨルダンのペトラ遺跡へ行く道の真

ん中やカンボジアのアンコールワットの遺跡へ行く左側手前や、インドネシアのボロブドゥール遺跡の階段の入り口にも象の形の岩石や象の鼻の形があるように、しかしフランスの壁掛けの貴婦人と一角獣の壁掛けにはガネーシャが隠されていてありません。それを知っているのは王族か祭司のように身分の高い人だけなのかも知れません。即ちフランスの王様は、お城にやってきたお客様に壁掛けを見せて、お城にやってきた人の本当の身分を確かめていたのです。

　即ちフランスの王様はインドのマハラジャのように象の重戦車軍団が欲しいと言っているのです。フランスの貴婦人と一角獣の壁掛けを見てください。

17. 天照皇大神とはどういう意味か、また、言葉とは何か

　天照皇大神とは直径約10光年の私が今住んでいるこの天の河銀河を、真昼のように明るく照らすことを意味するものだと私は思います。太陽の光では無理で星と星とが激突することにより、大きな火打ち石のようにカメラのフラッシュのように、また、超新星爆発のようになることによって、直径10光年のこの天の河銀河系を真昼のように明るく照らし出すことを意味します。

　まだ冷え切っていなかった火星と木星の間にあった惑星の星に、お月様を激突させ惑星の外側を撃破して、惑星の中心にあった核（ダビデ）を出現させ、クレオパトラのように着ている服を脱がせて裸にして、惑星の外側のプレートと核の間にあった、まだ冷え切っていなかったマグマを周りに飛び散らして、光を出すことにより直径10光年の天の河銀河系を真昼のように明るく照らし出すことを言います。

　お月様が惑星を蹴飛ばしてビーナスを誕生させ、そのビーナスを地球に激突（結婚）させることにより地球のプレートを打ち砕き、内部からマグマを飛び散らすことにより光を放ち、直径10光年の天の河銀河系を真昼のように明るく照らすことを言います。地球のプレートを

打ち破り跳ね飛ばして、プレートを海の上に跳ね飛ばし押し出して地球の中心に入ることによって、重いアジア大陸やアメリカ大陸やオーストラリア大陸や南極大陸を海の上に押し出して、押し留めて現在のこの地球を作りました。

　押し出されてもその下には元々の核や天照皇大神があるので沈みません。それは海の下にアジア大陸やアメリカ大陸より重い物体があるからです。それが天照皇大神やダビデやヘラクレスという物と元々の地球の核があるからです。それはダビデが元々星の核なので地球の中心部の核のようにウランのような重金属なのでアジア大陸やアメリカ大陸や南極大陸より重いからです。それによって水の惑星であるこの地球にアジア大陸や、アメリカ大陸や南極大陸やオーストラリア大陸を海の上に跳ね飛ばし押し出して今の地球を作りました。

　したがって天とは直径10光年のこの天の河銀河系を言います。したがってお月様やダビデは二度激突したので、両刃の剣や槍や、飛んできたので翼や弓矢によって表されています。そのため仏教の仏像は両刃の剣と片刃の剣があるのです。

　神様はまず初めに言葉がありました。その言葉を音の出る物によって表しているのだと私は思います。天照皇大神の神様にお月様が激突して、天照皇大神の神様が地球に激突した激突の音を表しています。笛や太鼓やハープや琵琶やオルガンや鈴や風鈴や銅鐸のような音の出る

物によって表されています。人の歌声や振動があるので、踊りによっても表されています。父なる神様、天照皇大神の神様「ダビデ」は鏡や松明によっても表されています。松明はギリシャのポセイドンやウクライナのオデッサにあるオペラ・バレエ劇場の左上のレリーフでも持っています。アメリカのニューヨークにある自由の女神も持っています。逆もまた真なりが宗教の鉄則なのです。左手に持っている辞書は知恵を出せ私が誰なのかを自分の頭で考えなさいと言っています。私の足を奴隷のように鎖で繋いでいる者は誰なのか、貴方も私のように鎖で縛られていることを自分で考えなさいと言っています。

　また、エジプトの王様が頭の上に載せている鏡のことです。鏡を包むように見えている一見牛の角のような物は骨壺で、ヨルダンのペトラ遺跡のエル・ハズネの一番上にある骨壺です。またイタリアのトレヴィの泉の左側の女性の足元にもあり、それは地球そのものを表しています。誰も地球の引力を振り切ることはできません。死ねば皆お母さんのお腹に帰るのです。そのため人が死ぬことはめでたいことと言われます。日本の神社の中やお寺にも祭られています。お寺ではお線香を立てるのに使われています。また、江戸時代の鏡と言われている物にも、裏に鶴がいて松があります。私は神様だと思います。鶴は地球そのものを表していて、鳥によって太陽のお母さんの周りを飛び回っている地球であることを表しています。松や竹や笹は地球の緑の大地を表しています。そ

れはアジア大陸やアメリカ大陸やオーストラリア大陸や日本列島を表しています。鏡と松の間に鳥居があるのです。即ちお父さんとお母さんの間に鳥居があるのです。

18. お母さんの地球は、
何によって表されているのか

　お母さんの地球は、鳥と鳥の足を表す十字架や蔓草などの植物や、花や骨壺によって表されています。

　鳥とはクジャクや鷺やコンドルやキジやフラミンゴや鶏やアヒルや白鷺や迦陵頻伽やハトや鳳凰の頭や漆胡瓶の壺の頭など、鳥以外に植物によって表されています。笹や竹やりんごやブドウやワインや松毬や松や植物の葉やハスの花や茎のレンコンなど、また、花によって表されています。スリランカのシーギリヤ・レディの持っている花や、中国の跋扈窟の東洋の美女が持っている花や、奈良県の正倉院のペルシャ絨毯の七つの花や、ヨルダンのペトラ遺跡の北方約100キロにあるヒルバット・アッタンヌールの女神アタルガティスや、ヨーロッパの花の女神フローラや奈良県正倉院の漆胡瓶の壺など、また、漆胡瓶の壺は頭の鳥の形やカモで地球を表し、首や胴体に植物を描くなど緑の大地を表し、胴体の膨らみで丸い地球を表しています。また、シカの角で彗星・冥王星を表しています。

　リンゴを横に切断すると五つの種の袋が見えます、この数は人類を直接作った五つの星、即ちエジプトのピラミッドの五つの角の数と同じ数です。女王卑弥呼の鏡を

太陽の光にかざし暗い壁に映し出すと五つの玉が映し出されます。カンボジアのアンコールワットの神殿の配列もエジプトのピラミッドとおなじ配列の可能性が高いと思います。ペルーのマチュピチュの神様の配列も同じです。仏教の仏像の利き手の五本の指によっても表されています。また、鳥獣戯画の巻物の兎の放つ矢の的の花が地球になります。そのためハスの花を手に持っている仏像がお母さんの地球になり、アヒルに乗っている仏像がお母さんの地球になります（矢が星神様、ダビデで）。稲や麦やリンゴやトマトやトウモロコシなど、植物は花が咲かないと実をつけません。宇宙の温度は約−270度で、花が咲いているのは私が知る限り地球だけです。農薬等でハチや昆虫が減り、授粉し難くなっています。

19. ペルーの遺跡

　お母さんの地球が人によって表されています。右手は
アジア大陸、右足はアフリカ大陸（朱雀）、左手は北ア
メリカ大陸、左足は南アメリカ大陸（青龍）。ペルーの
シカン文明の遺跡から出た、仰向けに寝て足を開き両手
を挙げて万歳している人はお母さんの地球で、両手で壺
の形を作っています。頭がダビデ、これが銅鐸、これが
風鈴。これがエジプトの王様の頭の上に鎮座している鏡
と壺。これが合掌。これがお母さんの地球と父なる神様
（ダビデ）とが結婚した現在の地球の状態、これが合掌、
これが夫婦岩。

　蛇神様の後ろで凛とした姿勢で座り胸に銀の胸当てを
している若い女性は聖少女かぐや姫で、これは「お月
様」バッカスに相当します。ヒョウタンのような口の小
さい壺で表されています。お月様には衛星がないので少
女で表されています。処女の子宮の小さい口で壺が表さ
れています。これがバッカスで、右の胸当てはアジア大
陸、左の胸当てはアメリカ大陸。銀の胸当てはお月様の
身分と鎧を表しています。バッカスの手前で青い衣装を
着て横たわる少女は織姫（彗星）で、冥王星やテンスや
蛇神様を表しています。これは知恵の神様です。

アメリカの自由の女神が左手に持っている辞書がこれに相当すると思います。

　右側手前の青い鳥の地球の後ろで、逆さで金の仮面を付けているのは父なる神様（星神様＝天照皇大神＝ダビデ＝ヘラクレス）で、現在の地球を作りました。アジア大陸もアメリカ大陸も日本列島も自然に隆起することは100％ありません。

　地球や太陽やブラックホールの引力の中に私は住んでいます。聖少女かぐや姫に蹴っ飛ばされて自分で天の岩度を開けて地球の中心に入り、それによってアジア大陸やアメリカ大陸や南極大陸やオーストラリア大陸を水の上に押し出して現在の地球を作りました。ならば、お婆ちゃんの太陽は何処へ行ったのか。今でもピラミッドの後ろで金の仮面をかぶり、凛とした姿勢で鎮座しているのか。ペルーのリマの北方約150キロメートルにあるカラルの神殿は数が多いので、神殿の一つひとつが別々の神様を祭っている可能性が高いと私は思います。

　七つなら人類を作った七つの星、八つなら人類を作った七つの星に破壊の神様、アンドロメダ大星雲を足したものだと私は思います。

　九つならばそれにビッグバン、現在の直径約138億光年のこの宇宙全体を足したものになると私は思います。それが仏様の自然体（涅槃像）。仏様の頭で直径138光年の宇宙全体を表しています。

　マチュピチュでは表面に向かって左手前が蛇神様。左

93

側後ろが月の神殿、右側手前が地球＝青い鳥、マチュピチュでは鳥のコンドルによって表されています。右側後ろが父なる神様（星神様＝ダビデ＝真珠＝ビーナス）で、真ん中が太陽の神殿、私は太陽の引力の中に住んでいます。太陽系の主人は太陽です。誰も太陽の代わりはできません。指定席に座っているのが太陽になります。立っている人より座っている人の方が身分は上になります。

　貴婦人と一角獣の壁掛けを見てください。狛犬もライオンも座っています。真ん中で立っている貴婦人は鳥に金平糖を食べさせています、鳥は地球を表し、真珠や金平糖は星を表しています。神社の中にいる父なる神様ダビデより太陽（狛犬）やブラックホール（招き猫）の方が、身分が上になるのです。

20. 正倉院の宝物と神様と仏像

　奈良県の正倉院の宝物の琵琶は今日の宇宙に、なぜ、人類が生まれることができたのかを私に教えています。音の出る琵琶によって父なる神様（天照皇大神の神様・弁財天・妙音天・薬師如来立像・ダビデ）の言葉を表しています。神様は「まず初めに言葉がありました」。その「言葉を音の出る楽器」太鼓やハープやオルガンや琵琶や笛（銅鐸・鈴・風鈴）などによって表されています。そのため「どんな宗教でも歌と楽器と踊りなどが付き物」です。これは父なる神様、天照皇大神の神様が「お月様に激突され」「地球に激突した音」を表しています、また、その激突が揺らぎとして踊りなどで表されています。激突の速度は秒速9キロメートルぐらいでしょうか？

　父なる神様は、ヨーロッパでは「ダビデやヘラクレスやエロス」の持っている「石」によって表されています。ギリシャではポセイドンの持っている松明によって表されています。仏教では（吉祥天の左手）薬師如来立像が持っている朱色の玉で表されています。神社や女王卑弥呼の持っている鏡やペトラ遺跡のエル・ハズネの骨壺の下に祭られている鏡のことです。中国では獅子が手で押

95

さえたり口にくわえたりしている玉や頭の上に載せている玉で表されています。イスラム教ではモスクの尖塔の一番上にある星で表されています。日本の国旗のポールの一番先端にある金色の玉もそうです。エジプトではカワウソが頭の上に掲げて持ち歩いている鏡や王様の頭の上に鎮座している鏡によって表されています。

　太陽系の主人は太陽です。太陽と息子ダビデは金によって表されています。イスラエルの星神様（ダビデ）のことです。私は太陽の引力の中に住んでいます。春日大社の国宝の金地螺鈿毛抜型太刀は片刃の刀で彗星を表し、柄の透かしの部分で彗星の尾を表し、透かしの両端のハートの形で彗星の本体・冥王星を表し、鞘に描かれた竹によって緑の大地のある地球を表し、雀によって朱雀、アジア大陸を表し、猫によって暗い目、闇夜の目のブラックホール、太陽のお母さんを表しています。彗星、地球、ブラックホールは人類を作った七つの星のうち三つの星、即ち御門を表しています。

　この「玉が父なる神様」は直径約3,000キロメートルの重金属と鉄の塊で温度は約950度。この玉は木星と火星の間にあった惑星の核（ビーナス）に相当します。

　この重い大きい玉の地球への激突（結婚）によって地球のプレートの7割を打ち砕き、激突の破壊力と圧力と大きさの圧力によって、アジア大陸やアメリカ大陸やオーストラリア大陸や南極大陸や、まだ「しっかり出来ていない日本列島」を海の上に跳ね飛ばして、超大陸ゴ

ンドワナ大陸を海の上に押し出して押し留めて水の惑星であるこの地球に緑の大地を作りました。

　超大陸ゴンドワナ大陸より重い物体でないと押し出すことはできません。一旦跳ね飛ばされ押し出されても、下が空洞や軽い物体ならまた押し下げられ、元の位置に戻るからです。神様は一夜でこの地球を作ったのではなく、一瞬で作りました。これによって水の惑星であるこの地球に緑の大地が出来ました。地球の中心部に岩石より重たい物体が入ったので、超大陸ゴンドワナ大陸は沈みません。それは岩石という個体だったからです。マグマなら低い方に流れていき、海の上に出ることはありませんでした。

　現在の地球の海の平均深度は4,750メートルだと私は思います。地球の海を平均化すると深さ2,600〜3,000メートルぐらいになると思います。それによって水の惑星であるこの地球に緑の大地が出来ました。仏教の仏像や世界中の遺跡の神様がそれを示しています。

　黒い色によって、太陽のお母さん＝ブラックホール＝暗い目＝闇夜の目＝魔女＝ネコ科の動物＝ライオン＝虎＝ジャガー（日本では招き猫や虎）など一千億手観音等を表しています。

　また、青い鳥によって、地球がお母さんの太陽の周りを飛び回っている星であることを表しています。青い鳥に描かれた人の顔によって人類がいる星＝地球であることを表しています。私の知る限りにおいて、地球以外に

人類のいる星は存在しないと思います。

　また、花によって地球の緑の大地を表しています。

　頭に付けた2匹の蛇によって、彗星である冥王星とその衛星カロンを表しています。また、冥王星は木星の周りを回るお月様に激突したことにより、冥王星内のシャーベット状態の窒素やメタンを水鉄砲のように強い勢いで約2万キロ近く遠くへ飛ばし、一緒に自転しながら飛ばされてきた外側を覆っていたメタンや窒素の氷を核にして、－270度の宇宙に冷やされて固まったので、冥王星の衛星カロンが丸くなった可能性が非常に高いと私は思います。

　月に激突した時の破片が冥王星の引力に捕まったのであれば、果たしてカロンは丸くなったでしょうか。中心部の液状物体がなくなった冥王星は激突の衝撃で全体がバラバラになり、収縮して残っていた液状のメタンや窒素が隙間から染み出した砕けた氷状物を繋ぎ合わせて自転しながら固まり丸くなり、それによって白い蛇が2匹になった可能性が高いと思います。激突した場所は雨の海の当たりだと思います。激突した時の大きさは3,450キロメートルぐらいだと思います。撥は朱色によって父なる神様、天照皇大神の神様を表しています。温度は約＋950度です。また、架空の一角獣の角によって彗星を表しています。一角獣は北極海にいるクジラの一角や山羊を合体した物をイメージしている可能性が高いと私は思います。

日本では奈良県の春日大社のシカの角やキツネや蛇や大根や機織りの布によって彗星、蛇神様を表しています。風神迅雷の風神のことになります。迅雷は音で言葉を表し、ダビデを表しています。翼によって飛んできたことを表しています。また、馬によって人類の文明が滅びることを表していると私は思います。本当の破壊の神様は魔女やまた馬の背中に刀を持った人が乗っていて人の首をはねています。あるいはワニによって表されています。彗星は一度激突したと思われているので、片刃によって表されていることがあります。京都の祇園祭の一番鉾の長刀鉾です。

　また、天皇の持っている片刃の刀によっても表されています。出雲大社やその周辺から出た約358本の両刃の剣は、お月様や天照皇大神の神様を表しています。それはお月様や天照皇大神の神様は二度激突したからです。お月様は二度戦い、二度とも勝ったので、戦いの神や防御の神様にもなります。また、弓矢や槍によって表されている可能性があります。飛んできたので翼で表される時もあります。

　下にいる雀は朱色の雀で朱雀。アジア大陸では緑の大地の象徴です。だから竹やぶに雀になり、竹やぶに虎になるのです。世界地図を2メートルぐらい離れて見るとアジア大陸とアフリカ大陸は翼を開き、元気いっぱい飛び回る雀に見えます。頭がイギリス、体がトルコ、イラン、インドで、尾がマレーシア、インドネシア、ニュー

99

ギニアに見えます。これは6,000年ぐらい前のノアの方舟の時代の世界地図だと私は思います。一旦文明が栄えて、その後、太平洋プレートが地球の内部に100メートルぐらい押し込まれたのが今の地球の状態だと私は思います。そのため与那国島の海の中に階段ピラミッドがあり、三河沖に石の建造物があり津軽沖に石の建造物があり、台湾の大陸寄りにも石の建造物があり、南太平洋の人の住まない島や海の中に遺跡や石の建造物があります。翼がアジア大陸とアフリカ大陸を表しています。馬が踏んでいる花は地球で、緑の大地が滅びることを表しています（トレヴィの泉の馬のことです）。

　仏教ではアジア大陸が黄不動に当たり、槍の先がサハリンで柄が日本、台湾、フィリピン、インドネシアと続いているように私は思います。これは日本列島がアジア大陸と一体のものとして出来たことを理解できる人間が考えたものであると私は思います。これが仏教では色によって三つの大陸を表しています。「黄砂に森林に鉄鉱石」、これが黄不動、青不動、赤不動だと私は思います。アメリカ大陸の特徴はジャイアント・セコイヤ杉で、高さ約112メートル。カリフォルニアの海岸に近い北部にあると言われています。

　青不動の私から見て右側にいる童子はフォークランド諸島、左側にいる童子はイースター島（ラパヌイ）、赤不動はオーストラリア大陸だと思います。オーストラリア大陸の特徴は鉄鉱石で鉄が酸化した酸化鉄。天照皇大

神の神様や大きな隕石が近くのココス島の南に激突した時地球の内部から周りに飛び散ったマグマや隕石の破片等だと私は思います。地球には水より軽い岩石などは存在しません。したがって自然に水の上に隆起することなど100％ありません。もしアジア大陸の下が酸素やメタンガスなら地球の中心部に向かって落ちていくはずです。

瑠璃の杯は直径138光年の宇宙全体を表している物だと私は思います。リングによって直径5光年や10光年や20光年や30光年の銀河系を表しています。脚の唐草やハスの花によって地球の緑の大地を表しています。中国式の白い龍によって彗星を表しています。

赤い龍はダビデを表しています。彗星である冥王星は約2,370キロメートルによって水の惑星であるこの地球に緑の台地が出来る最初の原因が作られたことを表しています。それにより「白い蛇」や「白い龍」が尊ばれているのだと私は思います。

また鳳凰は鳥の頭によって青い鳥（地球）を表し、首の白い蛇によって彗星（冥王星＝織姫＝テンス）を表し、体の亀によって太陽を表し、架空の翼のある麒麟のお尻によって父なる神様（ダビデ）を表していて、それを後身として飛んできたことを表しています。

また、魚の鱗模様の尾によってお月様（聖少女かぐや姫）を表しています。父なる神（天照皇大神）の神様ダビデ（吉祥天）をお尻として、朱色によって温度を表しています。材質は重金属と鉄の塊で、温度は約プラス

950度。天の船お月様は魚や海の波によって表されています。波は三角によって表されています。

　ヨルダンのペトラ遺跡のエル・ハズネの屋根の下にある丸い鏡の下に並んである模様のように、イースター島のモアイ像の腰にあるように、そして女王卑弥呼の三角縁神獣鏡の裏に円を描くように並んでいる三角模様のように、これは恵比寿さんの持っている魚で、これは聖少女かぐや姫（ドゥシャラー＝バッカス）が叔父さんの天照皇大神（ダビデ）のお尻を蹴っ飛ばして、叔母さんの青い鳥（地球）と結婚させなければ、青い鳥（地球）は金の卵の緑の大地を産みませんでした。

　このためお月様（ディオニュソス）は仲人さんでもあり、豊穣の神様でもあります。また、水の惑星であるこの地球に緑の大地を作るか否か、または破壊するのかを判断したので善否を判断する審判でもあるのです。お月様は二度戦い二度とも勝ったので戦いの神でもあり、防御の神様でもあるのです。地球は大きさと重さと重力と引力と速度によって成り立っています。空気や水より重たい岩石が海の上に約3,000メートルも6,000メートルも8,844メートル42センチも自然に隆起することは100％ありえないと私は思います。大きくて重たい物体が地球に激突して地球の中心に入り、跳ね飛ばして押し出したので超大陸ゴンドワナ大陸が出来たのです。

　激突したのがお月様では地球は砕け散るし、火星の衛星のような小さい物ではプレートに穴を開けるだけで

100%海のままです。超大陸ゴンドワナ大陸を海の上に押し出すためには3,000キロ近いゴンドワナ大陸より重い重金属が必要です。重さと大きさが必要なのです。聖少女かぐや姫（ドゥシャラー）は人類のお父さんの天照皇大神の神様と、お母さんの青い鳥地球との仲人をしたのです。その聖少女かぐや姫に「知恵を授けた」「知恵の神様」、「白い蛇」織姫が「彗星・冥王星・テンス」になると私は思います。冥王星のハートの形の所が月に激突したのだと私は思います。

　中東やヨーロッパでは天使やほうき星といい、エジプトやカンボジアでは蛇のコブラによって表されています。また、「お母さんと、お父さんの間には火星という姉妹がいました」。そのため本来は結婚できませんでした。聖少女かぐや姫が知の神様から知恵を授かり仲人したので結婚できました。地球はふたご座ではなく「兄妹座」。そのためにエジプトの王様もインカの王様も正式な妻は兄妹です。女性同士や男性同士の結婚を認めている宗教を私は知りません。皆さんはどうでしょうか。

　朱色によって父なる神様、天照皇大神の神様の温度を表しています。朱肉によって印を押すということは、本当の真の父なる神様との約束になると私は思います。

　また、密陀彩絵箱は魚の頭で天の船（お月様）を表して、翼によって「お月様が飛んできた」ことを表しています。架空の鳳凰によって「人類を作ったのは五つの星」であることを表しています。

頭が青い鳥（地球）で、鳥によって地球がお母さんの太陽の周りを飛び回っている星であることを表しています。首は白い蛇（彗星＝冥王星）で体は亀で太陽を表しています。太陽はお母さんのブラックホールの周りを1周回るのに約2億年かかります。それはほとんど亀の歩みです。「お尻は架空の麒麟」で父なる神様、天照皇大神を表していて、麒麟の翼によって飛んできたことを表しています。また、朱色で温度を表しています。尾は魚の鱗で天の船お月様を表していて、唐草は地球の緑の大地を表しています。

　私が知る限り植物があるのは地球だけです。

21. キトラ古墳

　キトラ古墳の天文図の北斗七星は、人類を造ったのは七つの星であることを私に教えています。その七つの星は、一つでも欠ければ人類が生まれることも生きることもできません。それがラッキーセブン七福神＝七重の塔だと私は思います。その七つの星とは「地球」「太陽」「太陽のお母さんのブラックホール」「冥王星」「お月様」「お月様のお母さんの木星」「木星と火星の間にあった惑星の核の部分の星」（ビーナス誕生＝星神様＝天照皇大神＝ダビデ＝吉祥天＝弁財天＝梵天座像＝ヘラクレス）であると私は思います。

　直接人類を作った星は五つで、エジプトのピラミッドに祭られている「彗星」「月」「地球」「星神様」「太陽」になります。女王卑弥呼の持っている三角縁神獣鏡も同じだと私は思います。「玄武」は亀を表し、また、オーストラリア大陸を表していると思います。亀や桃や狛犬は太陽を表しています。玄武を取り巻いている白い蛇は蛇神様で、彗星（冥王星）を表していています。あのヘレニズムの蛇のことです。

　蛇はウクライナのオデッサにあるポチョムキンの階段を上り、すぐ左に曲がり、突き当たりを右に曲がりまっ

105

すぐ250メートルぐらい行くと左側にあります。また、ルーマニアのコンスタンツァにある人類考古学博物館に入ってすぐ左の部屋に入ると右側に、とぐろを巻いています。朱色の雀＝朱雀はアジア大陸を表しています。頭がイギリスで、体がトルコやイランやインドで、尾がマレーシア、インドネシア、ニューギニア島で、右の翼がアジア大陸と左の翼がアフリカ大陸です。また、青龍はアメリカ大陸を表しています。頭がアラスカで尾がチリやアルゼンチンになります。

　アメリカ大陸の特徴はジャイアント・セコイヤ杉です。約1,200年前の青不動の仏画を見るとイースター島（ラパヌイ）の位置に童子がいて、フォークランド諸島の位置にも童子がいます。これはコロンブスがアメリカ大陸を発見する以前に、アメリカ大陸や南極大陸が人類に知られていたことを表しています。中米のマヤ文明の遺跡には過去に文明が四つあり、今の文明は5回目の文明だと書かれているそうです。

　白虎は南極大陸を表していると私は思います。南極大陸のパーマー半島が細長く、曲がっているため虎の尾に譬えているのだと思います。勿論、ほんとうの意味は暗い目・闇夜の目の太陽のお母さんのブラックホールだと思います。したがってキトラ古墳の壁画は四神ではなく、仏教の仏様が利き手の5本の指でいうように五神になります。仏教の仏像や世界中の遺跡の神様がそれを示しています。

また、女王卑弥呼の三角縁神獣鏡も同じ意味だと思います。鏡に光を当てて暗い壁に映し出すと、丸い五つの玉が映し出されます。ピラミッドの五つの角を表しています。真ん中が勿論太陽の神様です。亀や狛犬や桃によって表されています。太陽系の主人は太陽です。誰も太陽の代わりはできません。太陽は指定席です。椅子に座っているのが太陽になります。

　しかし第75回のピースボートで使われていたオセアニック号という約3万8,000トンの船の階段にあるレリーフでは、エジプトのピラミッドでは太陽の神様は椅子に座っていませんでした。それはピラミッドの中の棺は初めから空ということを表しています。

　では太陽の神様は何処にいるのでしょうか。それを考えるのは考古学者の仕事だと私は思います。私は自分の通る足の下に太陽のお婆さんが祭られているとはとても思えません。したがってピラミッドの裏側にいるのだろうと思います。スフィンクスが見ている方角が本当の正面になると私は思います。ペルーのシカン文明の遺跡を掘った考古学者に、なぜ、太陽の神殿を掘りながら太陽の神様を掘らなかったのかを訊いてください。

　日本では神社の参道にいる狛犬が太陽になります。神社の社殿の中にいるのが太陽の息子・星神様・天照皇大神（ダビデ）の神様になります。貴婦人一角獣とダビデに相当すると思います。暫定のピラミッドの表面に立つと左手前が蛇神様で、右側手前が青い鳥地球で、右側後

ろが父なる神様ダビデです。また、左側後ろは聖少女かぐや姫お月様（ディオニュソス）になります。したがってピラミッドの四神とは「蛇神様・鶴・雄牛・兎」になります。

キトラ古墳ではアジア大陸が朱雀、アメリカ大陸が青龍、オーストラリア大陸が玄武、南極大陸が白虎になります。玄武を取り巻く白い蛇が蛇神様で冥王星になります。ヘレニズムのルーマニアのコンスタンツァにある人類学考古学博物館やウクライナのオデッサにあるポチョムキンの階段を上り、すぐ左に曲がり突き当たりを右に曲がって250メートルぐらい行った先の左側にいる蛇のことです。

地球は鳥によって表されています。鳥とはアヒルやコンドルやフラミンゴやクジャクやキジやハトやワシやフクロウなどです。星神様は雄牛だけでなくイノシシや真珠や金平糖や朱色の玉や朱色や弓矢や槍や両刃の剣や翼や音の出る物で表されています。笛や太鼓やハープやオルガンや歌などです。天照皇大神なので鏡だけではなくギリシャのポセイドンや自由の女神のように松明によっても表されています。

自由の女神が左手に持っている辞書は、知恵を出せ、私が誰なのか自分の頭で考えなさいと言っています。また、知恵は杖や巻物や辞書や槍などで表されています。蛇神様は彗星なので翼や弓矢やキツネや大根などでも表されています。溶けると水になるので滝や水の中にいる

カエルやカッパやカワウソなどによっても表されています、那智の滝のことです。また、ほうきや照る照る坊主でも表され、頭が彗星の本体でスカートの部分が尾になります。

　先住民達が柳の枝を削って作っている長いカンナ屑のような物や、頭に被っている稲藁や、茂草を束ねたような物は彗星だと私は思います。また、戦国武将達が戦闘の指揮に用いた棒の先に付けた白いヒラヒラした紐を束ねたような物や、神主さんがお祓いの時に用いる狭い板状の物体の先に付けた白いヒラヒラした吹き流しのような物（祓串というのでしょうか？）は彗星の尾で、私は彗星だと思います。

　お月様は天の船なので、兎以外に魚や魚の鱗や波や波を表す三角や弓矢や槍や両刃の剣や銀の胸当てや植物やヒョウタンや翼などによっても表されています。翼によって飛んできたことを表しています。お月様は二度激突したので、出雲大社から出てきた両刃の剣のように両刃の剣や槍などでも表されます。人類のお父さんの天照皇大神の神様とお母さんの青い鳥の地球と、仲人し結婚させて地球に緑の大地を産ませたので、お月様は結婚の神様でもあり、また豊穣の神様でもあり、二度戦って二度とも勝ったので戦いの神様でもあり、防御の神様なので鎧や銀の胸当てによって表されています。

　また、100％水の惑星である地球に緑の大地を作るかどうか判断したので、善否の判断の神様でもあるのです。

そのため日本のお城の屋根には鯱鉾があり、スペインの
アルハンブラ宮殿が船の形をしていて、また、インドの
奥地に船の形をしたお城があり、豊臣秀吉の馬印がヒョ
ウタンの形になっているのです。そのため豊臣秀吉は農
民の出でも由緒正しい出なのだと私は思います。

　帝釈天や毘沙門天や弥勒菩薩や如意輪観音やバッカス
のことです。

22. 水星と金星と月と火星と冥王星

　木星と火星の間にあった惑星の大きな破片の激突によって金星の自転が妨げられて逆転し、1年より1日の方が長くなりました。激突した破片は直径2,500キロメートルぐらいだと私は思います。3割ぐらいの大きさの岩石が金星の外側に激突しないと金星の自転を止めたり遅らせたりすることはできないと私は思います。そのため金星の外側に激突したのだと思います。水星にも激突して自転を遅れさせたり、公転を楕円形にしたりして大きな影響を与えたと思います。

　砕けた星の鉄分の混ざったマグマや隕石を大量に浴びて、火星の正面が赤くなりました。マグマが酸化したからだと思います。大きなマグマの塊の一部が自転しながら火星の引力に捕まり、フォボスやダイモスのように火星の衛星になりました。それはマグマの飛んできた距離が短かったので、まだ冷え切っていなかったからだと私は思います。

　冥王星の衛星カロンはお月様に激突した時に内部のメタンや窒素のシャーベット状物体が水鉄砲のように前方に飛ばされ、同時に飛ばされてきた外側の氷の欠片が自転しながら冷やされて固まり丸くなり、そのまま冥王星

111

の引力に捕まるか、軌道上で何周目かに冥王星の引力に捕まったのだと私は思います。

　直径約1,200キロのカロンは、直径約2,370キロの冥王星の衛星にしては大きすぎると私は思います。太陽系の外側からやってきて捕まったとは思えません。太陽系の惑星は、木星や土星も全て入れても太陽の質量の2%にしかなりません。

　お月様は二度激突しました。二度目に激突した星が大きかったので、コマとコマがぶつかった時のように、ビリヤードの玉と玉とが激突した時のように自転の力が打ち消され、お月様の自転が止まったのだと私は思います。その星は火星と木星の間にあった直径約9,000キロメートルぐらいの惑星だと思います。

　また、激突したのはお月様の南極の近く、ベリンスガウゼンのあたりだと思います。

　1回目はお月様の裏側で影のように見えるザクザクしたところで、雨の海の辺りか、冥王星のハートの形の左側の所か、冥王星はメタンや窒素の氷の塊で軽いので、お月様の自転の力を打ち消すような大きな力はないと私は思います。しかも彗星（冥王星）は月に激突したことにより、内部の液状物が外部に押し出されて二つに分かれています。そのため白い蛇は2匹になりました。そのため奈良県にある春日大社の金地螺鈿毛抜形太刀の柄の透かしの部分の両端がハートの形になり、鞘に竹林や猫や雀が描かれています。

竹は緑の大地であるアジア大陸やアフリカ大陸やアメリカ大陸やオーストラリア大陸で、猫は魔女の使いの黒猫で、太陽のお母さんブラックホールは暗い目・闇夜の目になり、雀は緑の大地の代表であるアジア大陸とアフリカ大陸が合体した物になると私は思います。

　頭がイギリスで、体がトルコやイランやインドで、尾がマレーシアやインドネシアやニューギニア島で、翼がアジア大陸とアフリカ大陸になると私は思います。

23. 宇宙と仏像

　左手の指を5本、右手の指を2本出しているのは聖少女かぐや姫で、5本の指は人類を直接作った五つの星、ピラミッドの中にある「太陽・冥王星・地球・ダビデ・月」「太陽・日光菩薩・福禄寿」「天照皇大神・ダビデ・弁財天・薬師如来立像・吉祥天・妙音天・ヘラクレス」「青い鳥・地球・大黒天・多聞天・ブラフマン」「お月様・月光菩薩・妙見菩薩立像・毘沙門天・帝釈天・観音菩薩・弥勒菩薩半跏像・インドラ・ディアナ・十一面観音立像」「彗星・冥王星・釈迦座像・布袋尊・風神・文殊菩薩・ナーガールジュナコンダ」を表します。

　ピラミッドは五重の塔と同じ意味だと私は思います。2本の指は2本目の矢と、お月様が二度激突したことを表しています。したがって指を2本出しているのは聖少女かぐや姫（バッカス）で、見ている人の目を誤魔化すために、仏教では右手で握っています。

　また、人さし指を1本出しているのは1本目の矢（彗星・冥王星）で、これは一本指菩薩や蛇神様や鹿の角で、日本式では織姫といい、京都の山鉾巡行の長刀鉾や天皇の持っている片刃の刀に相当すると思います。それは冥王星が一度お月様に激突したので、片刃によって表され

ています。また、お月様や天照皇大神の神様は二度激突したので、出雲大社の周辺から約358本出てきた銅剣のように、両刃の剣や弓矢や槍によって表されています。また、飛んできたことを翼によって表されることがあります。

エジプトの壁画の王様の前にも片刃の長刀と2本の槍があります。朱色の槍は天照皇大神の神様（ダビデ）を表しています。お月様は1年に約3センチずつ地球の引力を振り切り離れていましたが、元々お月様は地球の大きさに比べ大きすぎます。本来は地球の引力に捕まるような大きさではなかったのです。惑星に激突して惑星が砕け散ったので速度が落ち、地球の引力に捕まりました。地球の引力を振り切ると太陽の引力に捕まり、太陽に吸収されます。そのように兎さんのゴールは太陽、亀さんのいる所なのです。

太陽系の星は全て太陽の引力の中に住んでいます。天の河銀河系の中の星は全て太陽のお母さんのブラックホールの引力の中に住んでいます。

このままだと吸収されませんが、アンドロメダ大星雲と激突し合体すると、ブラックホールとブラックホールが合体して、引っ張る力が倍増して今度はブラックホールに吸収されます。太陽のお婆さんは強力な引力で、孫の聖少女かぐや姫に「めんこちゃんおいで」「お婆ちゃんの所においで」「抱っこするからおいで」と呼んでいます。

つまり一千億手観音は手を引っ込めるのです。一千億手観音の頭のこぶの一つひとつが太陽系を表しています。仏像の頭のこぶの一つひとつが直径10光年〜30光年の銀河系島宇宙を表しています。頭で直径138光年の宇宙全体を表しているのです。頭の中にこぶがびっしり入っています。したがって、寝ていても座っていてもいい、だが青不動はアメリカ大陸を表しています。座ると南アメリカ大陸が半分なくなると私は思います、したがって、立っていないとおかしいと思います。

　私から見て左の童子はイースター島（ラパヌイ）、右の童子はフォークランド諸島でしょうか？　緑の大地や天のお星様は原則として、女性によって表されていると私は思います。見ている人の頭をパニックにするために童子になっています。キトラ古墳では青龍になっています。頭がアラスカで尾がチリとアルゼンチンだと私は思います。

　地球は太陽系の中にあります。隕石や彗星が激突するのは雨や霰が降るようなもので、ごく普通のことだと私は思います。地球に隕石が激突することがわかるのは、今の天文学や技術ではせいぜい1年半前だと私は思います。7メートル以下の隕石では発見は無理だと思います。熱や津波や飢餓から身を守るために、普段から食糧や植物の種の備えが必要だと私は思います。

　2,000年ぐらい前のローマ文明の火山灰の混ざったコンクリートを研究して、1,000年ぐらい持つような地下

都市を造るべきだと私は思います。原子力発電所は熱の
7割を海に捨てているので、南極やアルプスやグリーン
ランドの雪や氷河が春の雪解けのように解けて海面が約
65メートル上昇するのに備えて、海抜75メートル以上
の土地に段々畑や地下都市が必要だと思います。

　水没するのはキリバスやベネチアだけではありません、
ほぼ世界中が水没するのです。海面が65メートル上昇
するということは、東京やニューヨークやバルセロナや
イスタンブールが水没してアマゾン地帯が水没すること
です。イタリアのローマにあるトレヴィの泉を見ればわ
かると思います。泉にイルカやクジラがいることは
100％ありません。イルカがいるのは太平洋や大西洋な
のです。

24. 原子力発電所と人類

　私は地球の引力や重力や太陽の引力や太陽のお母さん
のブラックホールの引力の中に住んでいます。太陽系の
中には直径約1,000キロ近い小惑星もあります。直径10
キロの隕石が地球の大地に激突すれば、爆発の温度は1
万度を超えると言われています。地球の表面の約7割が
海であり、太平洋や大西洋に隕石や彗星が激突するのは
ごく当たり前のことだと私は思います。お月様の表面を
見ればすぐわかると思います。

　お月様の表面には隙間なく隕石や彗星の激突の跡が見
られます。太平洋に隕石が激突するとノアの方舟の時の
ように500 〜 1,000メートルの津波が来るのは当然のこ
とだと私は思います。

　旧約聖書に出てくるノアの方舟はトルコのアララト山
の約2,300メートルの所にあると言われています。津波
が来ると原子力発電所が壊れて放射能が風によって拡散
し、平野部が300 〜 400年ぐらい使えなくなると私は思
います。インドの地下6メートルぐらいの所から、放射
能に汚染された大地が20年ぐらい前に見つかったとい
うニュースを新聞記事で見たことがあります。その民族
は20 〜 30年間は生きられるかもしれませんが、遺伝子

118

が破壊され、縄文人や弥生人やモヨロ人のように滅びると私は思います。

　我々の体は遺伝子によって成り立っています。貴方の体の細胞は毎日生まれ変わっています。お父さんの精子とお母さんの卵子が受精した時から何十万回か生まれ変われば死ぬように、貴方が生まれる前に決まっています。その遺伝子にインプットした者は誰か？　私の遺伝子にインプットした者が、直径10光年のこの天の河銀河を直接かつ究極に支配しています。それは誰なのか。それが本当の真の神様です。腸の中に住んでいる微生物のように、私はその神様のお腹の中に住んでいます。したがって私のいる所が神様のいる所だと私は思います。

　私は縄文杉のように7,200年間も、スウェーデンのトゥヒのように9,500年間も生きることはできません。皆が1,000年も10,000年も生きていたら、瞬く間に地球というキャベツを食べ尽くして、食べる物を失った人類は飢餓地獄の中で「自身から文明を滅ぼす」のだろうと私は思います。そのために仏教では生ものは食べるなと教えています。食べるなというより、食べる量を減らしなさいという意味だと私は思います。

　日本は火山地帯にあるので地熱発電所をもっと沢山造るべきだと思います。熱の7割を海に捨てるような原子力発電所は造ることを禁止するべきです。

　それは地球という部屋の温度をどんどん上げて、春の雪解けのように南極やアルプスやグリーンランドの雪や

氷河を溶かし、太平洋や大西洋の海面を約65メートル上昇させ、肥沃な平野部やアマゾン川流域を水没させて、植物による酸素の供給と二酸化炭素の取り込みを抑えて、地球の温度の上昇を加速させるものだと私は思います。それは東京やニューヨークやイスタンブールや関東平野や石狩平野を水没させて人類から食糧の生産を奪うことです。イタリアのローマにあるトレヴィの泉はそれを私に示しています。

　また、原発の外に熱を出すことも禁止するべきです。たとえ国立公園の中でも地下に地熱発電所をもっと沢山造るべきです。私はコンクリートのことはよくわかりませんが、50 〜 60年しか持たないような今のコンクリートではなく、ローマ帝国が開発したコンクリートのように1,000 〜 1,500年ぐらい持つような火山灰が混ざったコンクリートを研究して、地熱発電所や地下都市や段々畑をもっと沢山造るべきだと私は思います。

　トルコのカッパドキアにあるカイマクル地下都市のように津波や熱を防ぐような頑丈なシェルターが必要です。月や火星に行くのは非現実的だと私は思います。もっと自分の足元の地球を見直すべきだと思います。鍾乳洞や鉱山跡や防空壕などあらゆる手段を使い、熱や津波や核爆発から身を守るシェルターを造るべきだと私は思います。

　73億5,000万になった人類は平野部に住むべきではないと思います。岩石の上や砂漠の地下や山の中に造った

地下都市の中に住むべきです。今の地球の人口はすでに73億5000万です。40年で倍増、100年間に4倍の速度で増え続ければ、地球というキャベツを瞬く間に食べ尽くして飢餓地獄になるのは、すでに時間の問題だと私は思います。現に南極の南極半島の気温は2015年3月24日北端で＋17.5度になり、1974年1月5日には14.6度になっています。熱の7割を海に捨てるのは人類や生物に対するテロ行為だと私は思います。

　これはシリアに住むイスラム国の戦闘員よりタチが悪いのではないでしょうか。イスラム国の戦闘員には全地球の文明を破壊するほどの力はありません。

　原発の温度の上昇は石炭火力発電所による温度の上昇より速すぎると思います。今の石炭火力発電所は排ガスに圧力をかけて強制的に水の中を泡状にして通すことで、ほとんどの不純物を回収できると思います。南極やアルプスやグリーンランドの雪や氷河が全て溶けても海面は約65メートルしか上昇しません。人類にとって一番恐ろしいのは隕石が原子力発電所に直接激突し、平野部が放射能で汚染されることです。

　隕石が落下するのはシベリアやニカラグア共和国だけではありません。世界中の何処でも落下する可能性があるのです。現に日本の南極観測隊が南極大陸で14,000個を超える隕石を拾っています。世界中の隕石の4分の1以上を日本1か国が持っているのです。そんなに沢山隕石を持っているのに小惑星にまで行って隕石の欠片を

持って帰る必要はもうありません。

　日本の今やるべきことは頑丈な岩盤の中に2年分の缶詰と1年3か月分の穀物を保存することです。水田や麦畑やトウモロコシ畑を核爆弾で焼き払われたり、隕石が落下して火山が爆発し成層圏まで舞い上がった火山灰で空が覆われたりしたら、人類はそれでお終いなのです。この地球に今の文明を残すことはできません。5度目の文明も滅びることになるのです。カッパドキアのカイマクル地下都市のように頑丈で大きく、人が立って歩き電気自動車がすれ違えるような本格的な地下都市を世界中にもっと沢山造るべきです。

25. ピサロはなぜ、インカ帝国を征服できたのか

　鉄兜を被り鎧を付け、鉄砲を持って馬に乗った僅か300人のピサロの軍勢によって約600万のインカ帝国が滅びました。それは馬が破壊の神様だったからです。

　インカ帝国の王様のアタワルパは何十万もの国民を徴兵できましたが、本物の馬や鉄砲を見たり聞いたりしたことのないインカの人達は大きな鉄砲の音を聞いたり、弓矢や槍が役に立たない鎧を付けて馬に乗ったピサロの軍勢を見て、破壊の神様が来たのだと思ったに違いありません。それで戦わず自ら逃げて、散り散りになりました。破壊の神様を知らなければ、こんなことにはなりませんでした。

　インカの王様のアタワルパはピサロの軍勢に拉致されて、命と引き換えに黄金で出来た神様を全て奪われ、だまされて殺害されました。インカ帝国の約20万の軍勢が僅か189人のピサロの軍勢に敗れました。ピサロの軍勢は最初全部で約300人いましたが、コロンビア沖の船や、その中の武器や火薬を守るため、多くの警備の兵士が必要でした。また、エクアドルのキトにある前線基地の武器や火薬を守るためにも、沢山の兵士が使われました。実際にインカ帝国の王様を攻めたのは、たったの

189人に過ぎません。破壊の神様を知らなければ、こんなことにはならなかったでしょう。本当の神様を知らなかったピサロの軍勢は、奪った黄金で出来た神様を全て溶かして小さくして本国のスペインに持ち帰りました。

　破壊の神様はイタリアのローマにあるトレヴィの泉やウクライナのオデッサにあるオペラ、バレエ劇場の左上の方にもいます。追いかけられているのは我々人類なのです。人類は地球を5倍も10倍も大きくすることはできませんし、深さ4,750メートルの太平洋や大西洋を埋め立ててアジア大陸を5個も10個も造れません。海が深すぎて海面の上昇に耐えられません。40年で倍増、100年で4倍という人類の増える速度から見ると、約150年で食糧の供給が行き詰まり飢餓地獄になると私は思います。段々畑を作ったり太陽の光が直接当たる所には植物を植えたりして、人類は岩山や砂漠の地下に住むべきだと私は思います。また、先進国が中心となり地球全体の地下水の位置や水位を調べるべきです。

　破壊の神様は魔女やワニや馬によって表されています。魔女とは太陽のお母さんのブラックホールやアンドロメダ大星雲の中心にあるブラックホールのことです。

26. マチュピチュとイエメンの岩山の村

　トルコ共和国のアララト山にあるノアの方舟は約2,300メートルの高さにあると言われています。マチュピチュがあるペルーの約2,300メートルの高さの山や、イエメンの約2,500メートルの高さの岩山の村は、ノアの方舟の高さが基準なのでしょうか？

　マチュピチュがある位置から見ると、私の持っている地図で見る限り、太平洋側にも大西洋側にも6,000メートル級の山があるように見えます、私が行った早朝にはガスで周りがよく見えませんでしたのでわかりませんが、ペルーはまだ雨期でした。

　太平洋側から見ると、イエメンの岩山はアフリカ大陸が北東の方向にサイの角のように突き出しており、陰になるように見えます。地形から見る限り太平洋から津波が来ても、この場所には届かないように見えます。地球の大きさから見ると、人類が40年で倍増、100年で4倍の増える速度から見て、3,000〜4,000年で人類は増えすぎて食糧の供給が追いつかなくなり飢餓地獄になり、人類の文明は行き詰まるのではないでしょうか。私はそう思います。海への隕石の激突による津波や大地への激突による爆発の熱から身を守ることができなければ、人

125

類はこの地球に生き残ることはできないと私は思います。

　隕石の激突によって恐竜が滅びたように人類も滅びる恐れは十分にあります。トルコのカッパドキアにあるカイマクル地下都市のように、硬い岩盤の中に水や熱を防ぐ地下都市が必要だと私は思います。いくら空を見張っていても地球に大きな影響のあるような隕石は、1年半前でないとわかりません。わかった時にはもう手遅れだと私は思います。

　火山が爆発して成層圏に舞い上がった火山灰で太陽の光が遮られて真っ暗闇になり、農作物に大きな影響が出る可能性があります。生き残っても植物の種や食糧が必要だと思います。いくら女王卑弥呼が2,000個の桃を神様の祭壇にお供えして、髪を振り乱してお祈りしても火山灰を地上に下ろすこともできません。50年〜100年持つような缶詰めで3年分の食糧が必要だと私は思います。富士山が爆発してもインドネシアの火山が爆発してもフィリピンやアイスランドの火山が爆発しても、地球は自転しているので世界中に大きな影響があると思います。火山灰を急に空から地面に下ろすのは無理だと思います。安定した岩盤の中に津波や熱を防ぐシェルターが必要です。そんな地球に私は住んでいます。

　天皇を中心にした今の日本の歴史はせいぜい2,300〜2,500年ぐらいしかありませんが、トルコの北にあるジョージアという国は約8,000年の歴史があると言われています。黒海の西にあるルーマニアは約6,000年、ウ

クライナやブルガリアや中国やエジプトは約5,000年の歴史があるといいます。人類はアフリカ大陸の大地溝帯で生まれたと言われています。もしもそうなら、人類の文化の中心はアフリカ大陸にないとおかしいと私は思います。

　なぜ今の人類の文化の中心がヨーロッパにあるのか、それは隕石や彗星の落下による津波や火山の爆発や食糧の供給などの問題や、マラリアやコレラ等の疫病や火縄銃や大砲の発明や開発などが原因ではないでしょうか。

　あるいはノアの方舟の時の津波の影響が少なかったので、波の穏やかな地中海や黒海が食糧や物産の輸送に適していたからではないかと私は思います。今の日本列島に現在日本に住んでいる人達が渡ってきたのは、ノアの方舟以後のことではないでしょうか。そう見ないと現在の約2500年という天皇を中心とした日本人の歴史が私には説明できません。

　アジア大陸の奥地で津波から生き残った人達が、朝鮮半島や中国の雲南省やミャンマーの方から南の台湾や沖縄を通って、あるいは北のサハリンの方を通って北海道や東北にやってきたのだと私は思います。

　2017年2月22日頃テレビを見ていたら、ナイル川の上流のスーダンには、小さな溶鉱炉で溶かした後の鉄屑が石炭のボタ山のようにうず高く積まれている場所があり、近くには象（ガネーシャ）の神様の祭壇があり、ピラミッドもあるという話でした。

127

象はお月様（ドゥシャラー）のお母さんの木星を表していて、子供のお月様がいなければこの地球に緑の大地が生まれることはできません。したがって人類も生まれることができなければ、生きていくこともできません。私は地球の引力の中に住んでいます。したがって本来の地球の表面は100％海なのが普通です。

　バッカスが叔父さんのお尻を蹴飛ばしてお母さんの地球と結婚させなければ、お母さんの地球は金の卵の緑の大地を産みませんでした。現在の人類の天文学や地質学はそこまで進んでいないのです。現在の人類の天文学の知識はアフリカ大陸のマリ共和国のドゴン族より遅れているのです。自分の乗っている大地がなぜ約2,600メートルの海底から、約7,000メートルも約8,844メートルも海の上に出ることができたのか、誰もわかっていないのです。ギアナ高地が隆起したとかモンセラットが隆起したとか言っているようでは、それは無理だと私は思います。

　私は地球や太陽や太陽のお母さんのブラックホールの引力の中に住んでいます。我々は最終的にはブラックホールに吸収されるのです。そのための招き猫なのです。自由の女神の足についている鎖の端を、招き猫が握っているのです。

　すなわち私たち人類は引力によって招き猫にしっかり捕まっています。ギアナ高地やモンセラットが自然に隆起するぐらいなら、道端や川の中や海の中に石ころが転

がっている訳がありません。石ころが隆起して国際宇宙
ステーションを超えていき、宇宙に隆起して太陽の光を
遮って真っ暗闇の地球になっているはずなのです。

　スーダン近くのマリ共和国に住んでいるドゴン族の宇
宙に対する知識は、現在の人類の天文学を超えていると
言われています。太平洋に激突した隕石によって生じた、
ノアの箱舟をトルコのアララト山の2,300メートルの岩
山の上に押し上げたような津波も、ドゴン族の住んでい
た崖の洞窟には届かなかったのでしょうか。大西洋から
の津波も距離や高さによって届かなかったのでしょう
か？　人類の最初の文明はナイル川上流のスーダンの小
さな1個のキューポラから始まったのでしょうか？

　鉄があれば刀や槍や矢尻や楯や鎧等の武器も鍬や鎌等
の農具も作ることができます。人類の文明にとっては最
大の進歩だったと私は思います。その後下流のエジプト
やシリアやヨルダンやイラクやイランへと文明が広がり、
文字や製鉄や塩を作る技術を手に入れたナバタイ人や
フェニキア人によってレバノン杉が斬りだされ、船が作
られて香料の乳香等と共に地中海から黒海へと文明が広
がり、バルカン半島にエジプトのピラミッドより大きい
ピラミッドが造られたのでしょうか？　その後アフガニ
スタンやインドや中国や日本へと文明が広がったので
しょうか？　今の日本の文明は中国だけでなくアフガニ
スタンやイランやエジプト等の影響を受けているように
私には見えます。

天皇の表号の御門という言い方はエジプトのピラミッドの三つの角を表していると私は思います。片刃の剣は彗星を表し、鏡は父なる神・星神様を表しています。また、勾玉はお母さんの地球を表しています。エジプトのピラミッドの仮の表面に立つと左手前が彗星で、右側手前が地球になると思います。右側後ろが父なる神・星神様（ダビデ）になります。

　ポルトガル人やスペイン人が大航海をして、アメリカ大陸や南アメリカ大陸を回り込んでアジア大陸を発見した時には、すでにアメリカ大陸にもイースター島（ラパヌイ）にもハワイにもタヒチにもフィジーやナウル島にも人が住んでいました。

　ノアの方舟以後に気候のいい島があることがわかり、暮らすのに条件の悪い山地から気候のいい太平洋の島々や日本列島やアメリカ大陸へと皆が渡ってきたのではないでしょうか。1,000年以上前の青不動の仏画を見ると、イースター島の位置にもフォークランド諸島の位置にも童子が見られます。私にはすでに人が住んでいたとしか思われません。

27. パソコンスクール

　この文章は札幌市白石区のジェイアール白石駅北側に
ある「ハリーパソコンスクール北白石教室」で学びなが
ら書いています。スクールは白石駅を北口に出て2丁進
み、信号機を左に曲がり、1丁進むと右側にあります
（電話011 - 598 - 0806）。

　左側には北郷生協があります。駅から歩いて7分ぐら
いの距離にあります。2012年5月から学んでいます。
ピースボートのパンフレットを見ると船でパソコンを教
えてくれるというので、2011年7月に中央区南1条西19
丁目の白熊で中古のパソコンを5万円で買いましたが、
説明書を見たら全くわからず、諦めて船に持っていかず
に、旅行から帰ってからパソコンスクールに来ました。
パソコンを習うのはこの文章を書くためと認知症対策で
す。

28. オセアニック号による地球1周の旅

　私は1960年4月から2011年6月まで日曜日以外はほとんど休みなく働いてきました。やっと退職したので、前から行きたかった船による地球1周の旅に出ました。地球の大きさを実感したかったので、どうしても船で回りたかったのです。

　ピースボートは横浜の関内駅近くの大桟橋から2012年1月24日の出発でした。拾ってきたガスライターをキューバに持っていこうと思っていました。それは前にテレビで、キューバは物資不足で空のガスライターにガスを補充しているのを見ていたので、拾ってきたガスライターを32個ぐらい持っていこうと思っていたのです。

　飛行機にはガスライターや果物ナイフが積めないので鉄道で行こうと思い、約1か月前の12月22日にジェイアールの新札幌駅で北斗星を予約しました。

　船は待ってくれないので前日は横浜の桜木町駅前にあるワシントンホテルに泊まることにしました。

　1月22日の16時ぐらいに自宅から近くの白石区北郷にある平和駅へ行くと本州は雪で、雪の重みで木が倒れ北斗星は止まっていました。札幌は曇で何の問題もなかったので、とっても驚き慌てました。一旦家に戻り、

ガスライターを諦めて飛行機で行こうと航空会社に電話したところ、コンピュータ対応で質問にボタンを押すようにとのことでした。

　私の電話機は古いタイプのダイヤル式で対応できず、諦めてジェイアールの案内所に電話して、横浜に行く方法はないのかと聞いたところ、夜10時ぐらいの急行があるというので再び平和駅から札幌駅に行き、急行で青森まで行き、青森から新青森まで行って新幹線で上野駅まで行き、上野駅から根岸線の普通電車で桜木町駅まで行きました。

　桜木町駅に着いたのは昼の11時近くでした。ここまで来るのに約13時間かかりました。ホテルのチェックインは14時で、少し早かったので近くの山下公園で日本丸を見たり観覧車に乗ったり食事をしたりして時間をつぶしました。

　疲れていたので14時過ぎにチェックインして、5階のコンビニで弁当を買い、早めに食べて寝ました。

　24日は朝10時過ぎにホテルからバスで港に泊まっているオセアニック号に向かい、税関を通り抜けて船に乗ったのは、お昼の11時30分ぐらいだったと思います。札幌では霙や雪の水溜まりを平和駅まで家から片道15分ぐらいを歩いて往復したので、やっと着いたという感じでした。

　船が出航したのは12時過ぎぐらいか、東京湾アクアラインの下をギリギリに通り抜け、外海に出ると冬の海

133

は波が高く結構揺れていました。手摺りに摑まらないと歩けないぐらいでした。最初の寄港地タヒチのパペーテまでの13日間がとても長く感じられました。私の朝食は7時30分から8時30分までの1時間で、お昼は12時から1時間、夜は17時30分から1時間でした。毎夕19時30分頃に船内新聞が発行され、それを見て次の日のスケジュールを考える毎日です。色々な著名人が乗ってきて、政治や経済や環境など色々な話をしてくれました。朝はラジオ体操をしたり太極拳をしたりウォーキングやノルディックウォーキングをしたり、昼間は英語やスペイン語など語学の学校や、ボランティアの人達が手話を教えたり、将棋や碁やマージャンをしたり、午後はヨガやピラティスやダンスやフラダンスや社交ダンスしたり映画を見たり、水彩画や絵手紙やパソコン教室など、海を眺めたりと色々なことができます。朝日や夕日がとっても綺麗でした。日が沈むころには、イルカがやってきて顔を出すこともあります。イルカはてんでんばらばらにいろんな方向に飛びます。ジャグジーやジムやサウナや美容室やマッサージルームやショップもあります。

　10階にはプールが、8階と10階にはバーもあります。色々なことに首を突っ込むと、忙しすぎて体がいくつあっても足りません。船にはエレベーターが4基ありましたが、空いている時間をみつけ、なるべく11階のサンデッキを歩くようにしていました。最初の寄港地タヒチまで、とても長く感じました。タヒチではゴーギャン

博物館やタヒチ博物館やビーナス岬やアラホホの潮吹き
穴などを見て、バスで島の1日観光をしました。

29. オセアニック号のレリーフ

　船に乗って3日目の1月26日。11階のサンデッキで歩く運動の後に、7階の部屋へ戻る途中、階段にあるレリーフに違和感を覚えました。口づけしている2人の体が一つになっていたり、1人の人間に口が二つあったり、左手に持った杖に蛇が絡まっていたりします。

　これはエジプトの知恵の神様だ、これはキトラ古墳のカメ（玄武）を取り巻く白い蛇だ、これはヘレニズムの父なる神を捕まえている白い蛇だ、これは彗星で冥王星だ、これはほうき星で日本では織姫といいます。これは水の惑星であるこの地球に、最初に緑の大地を造る原因を造った物です。これが彗星で冥王星、冥王星が激突した物は、木星の周りを回るお月様で頭にベレー帽があったり、頭巾を何重にも被っているようなレリーフや、胸に木星があったり足に木星があったり、お月様があったりしているのがお月様であります。

　こんなレリーフが船の階段に沢山あるのには驚きました。お月様が激突したのが木星と火星の間にあった惑星で、この惑星の核の部分が父なる神様、星神様、天照皇大神の神様（ビーナス）で、これが太陽の光のような物を肩や足に付けたり、大きな矢のような物を足に付けた

136

りしています。ハープや笛や太鼓やオルガンや歌声のように音の出る物は言葉を表しているのだと私は思います。それはお月様と激突したり、地球に激突したりした激突の音を表しています。一体の体に口が二つあったり、2人が口づけしたりしている体が一体になっているレリーフは、父なる神様＝天照皇大神の神様と青い鳥＝地球との結婚を意味しています。これが現在の私の住んでいる地球の状態、これがルーマニアのコンスタンツァにある人類考古学博物館の中にあるローマ時代の神様で、杖を持った二人の女性が背中合わせに立っていて足元に犬を従えています。

　貴婦人と一角獣の壁掛けを見れば解りますが、犬は太陽に相当します。背中合わせの女性はお父さんのダビデとお母さんの地球が合体した今の地球の状態を表しています。これが合掌になります。これがペルーの聖なる谷の夫婦岩に当たるのだと私は思います。日本でもあっちこっちの海岸にあると思います。また、頭に蔓草や月桂樹の葉をつけているのは、お母さんの地球で緑の大地があるのは、私が知る限りでは地球だけです。

　頭にハトがいるのも地球、鳥によって太陽のお母さんの周りを飛び回っている地球であることを表しています。奈良県の正倉院の螺鈿紫檀の琵琶の裏にいる青い鳥、迦陵頻伽がこの鳥、地球を表しています。頭に2羽のハトがいて肩に太陽のような物を付けているのは、お父さんとお母さんが結婚した状態を表していると私は思います。

太陽のような物は天照皇大神で翼は地球に飛んできた
ことを表しています。エジプトのカワウソが頭に掲げて
運んでいる鏡のことです。カワウソは水の中にいるので
鳥獣戯画のカエルやカッパのように彗星を表しています。
頭の上に、紋章のような物をつけているのはお婆さんの
太陽で、これは私の家でもあります。これは太陽系でピ
ラミッドに当たります。ピラミッドの暫定の入り口の前
に立つと左手前にいるのは彗星で、頭と胸で「彗星・冥
王星」を表しています。これが白い蛇に相当します。彗
星や彗星の尾を蛇や龍や機織りの布に譬えてあります。
これがあのヘレニズムの蛇なのです。
　ウクライナのオデッサにあるポチョムキンの階段を上
り、すぐ左に曲がり、突き当たりを右に曲がると、250
メートルぐらい行った先の左側にあります。日本では
「織り姫」といい、これが照る照る坊主に相当する物だ
と私は思います。照る照る坊主の頭が彗星の本体で、ス
カートのようなものが彗星のメタンや窒素の氷の欠片の
尾に当たります。ヨーロッパではほうき星やテンスとい
い、中国では白い龍や照る照る坊主の右手に持っている
ほうきによって表されていると私は思います。
　左側後ろにいるのはお月様で、ベレー帽でお月様を表
しています。右側手前にいるのはお母さんの地球で、人
間に足があります。私が知るかぎり、人間がいるのは地
球だけです。また、右側後ろにいるのはお父さんの星神
様「ダビデ」で、これは日本では父なる神様、「天照皇

大神・吉祥天・梵天座像」といい、鏡や松明や音の出る物、笛や太鼓ハープやオルガン等によって言葉を表しています。これが木星と火星の間にあった、惑星の核に相当する物だと私は思います（ビーナス誕生）。

　地球に激突してプレートの7割を打ち砕いて地球の内部に入ったので、私には見えません。つまり、天照皇大神の神様は天の岩戸を自分で開けてお隠れになりました。お隠れにならなければ、それは地球が砕け散ったことを意味します。これがオセアニック号の階段にあった、口づけしている2人の体が一体だったり、一体に口が二つあったりするレリーフに相当する物であり夫婦岩に相当すると思います。

　真ん中の誰もいない椅子には、太陽のお婆さんが座ります。誰も太陽の代わりはできません。太陽系の主人は太陽です。椅子に座っているのが太陽になります。しかしオセアニック号にあったレリーフでは太陽の神様が椅子には座っていませんでした。椅子に座ってないということは、ピラミッドの中の棺は初めから空っぽということになります。では、太陽のお婆さんはいったい何処にいるのでしょうか？　ピラミッドの裏側で今でも凛とした姿勢で鎮座しているのでしょうか？　アメリカの自由の女神が左手に持っている辞書のように、私が誰なのかをよく考えなさいと言っています。左手に持っている辞書は知恵を出せ、自分の頭で考えなさいという意味になるのだと私は思います。

私は太陽系の中に住んでいます。この家が私の家です。これがピラミッド。頭の上に王冠があったり、丸い物からジェットガスを噴き出していたり、胸にダイヤモンドを付けていたり、鼻が曲がっていたり、杖を持っていたり、扇子のような物を手に持っているのは太陽のお母さんブラックホールで、この扇子は矢で矢を束ねて持っています。矢を束ねて持っているのは太陽のお母さんしかいません。ブラックホールの子供の数は約1,000億個以上です。この矢とは「彗星とお月様と天照皇大神」の神様です。この矢が白い矢、銀の矢（赤い矢・愛の矢・情熱の矢）と言われます、これが本当の本来の3本の矢だと私は思います。弓矢や槍や翼によって飛んできたことを表しています。勿論、的は青い鳥＝地球。花が咲いているのは地球だけです。（鳥獣戯画を見よ）

30. オセアニック号による旅の、
旧帝政ロシアの夏の離宮

　旧帝政ロシアの皇帝の夏の離宮の玄関に（ウクライナのオデッサにあるオペラ・バレエ劇場）、私から見て右側に右手に３本の矢を束ねて持っている太陽のお母さんの魔女のような像があり、右肩の後ろに翼を開いたテンス（彗星）がいて、太陽のお母さんの魔女のかつらのような物を取っていて、左の足元に地球を表すキジがいて、右側に小悪魔がいます。

　そんな彫刻があり、その小悪魔が私には飢餓や病気や原子力発電所ではないかと思われます。

　左側には、お腹を左手で押さえた若いお母さんの地球と思わせる像があり、右手に壺を持っていて、頭の上に翼を開いたテンスがいて、左側下に海を表すイルカがいて、右側に若い男性の死体が横たわっていました。口の大きい壺は骨壺で鳥と同じに地球そのものを表しています。ヒョウタンのように口の小さい壺はキリスト教徒で言う、いわゆるイエスキリストの血が入っていて、ブドウから造られたワインが入っています。それは地球の緑の大地を表しているので、水の惑星であるこの地球に緑の大地を作った原因の一つを作ったお月様、聖少女かぐや姫（バッカス）を表しています。横たわる若い男性は、

141

人類は皆死に、生まれ変わることを表しているものだと私は思いました。

　人類は地球を5倍も10倍にも大きくすることはできず、太平洋や大西洋を埋め立ててアジア大陸を5個も10個も作れません。海が深すぎて海面の上昇に耐えられません。人類は地球の引力を振り切ることもできません。死ねば皆お母さんのお腹（骨壺）に入るのです。足に鎖の付いた自由の女神のように、その鎖の端を招き猫が握っているのです。

　玄関のすぐ上の真ん中に雄牛の頭に角があり、その下に錨があり、左右に架空のクジャクのような尾と翼をつけた少女の絵があります。雄牛の角は激進してきた牛を表し、それは父なる神様ダビデを表し、錨は水の惑星であるこの地球を表していると私は思います。

　左右の少女はテンス（彗星＝冥王星）（2,370キロ）と衛星カロン（1,200キロ）を表し、一方は聖少女かぐや姫（お月様）を表しています。その上の真ん中にハープ（ダビデ）があり、左右に地球を表すクジャクがいて、そのさらに上の真ん中に翼を開いた小さなテンス（彗星＝冥王星）がいます。その左側には翼を付けて左手にトーチを持ち、右手に何かを掲げている父なる神様ダビデの像があり、右側には翼を付けて、右手に植物の葉、左手には何かを掲げている聖少女かぐや姫（お月様）の像があります。

　さらにその上の左側には、両手でハープを持っている

142

父なる神様ダビデがいて、ダビデ（吉祥天＝天照皇大神）を前方に連れていこうとしている破壊の神様の馬がいます。ハープは「神様はまず初めに言葉がありました。その次に光がありました」という言葉を表していて、音の出る物で言葉を表しています。そのため、どんな宗教でも楽器や歌や踊りが付き物だと私は思います。地球の大きさから見て、人類が3000〜4000年ぐらいで地球というキャベツを食べ尽くして、自ら文明を滅ぼすことを馬は表していると私は思います。

今の地球の人口は約73億5,000万人で、40年で倍増、100年間で約4倍の速度で増えています。このままの速度で増え続けると約150年後の地球の人口は約500億になると私は思います。200年後には1,000億を超えると思います。そのうえで原子力発電所が熱の7割を海に捨てて、海の温度を上げることになれば、南極やアルプスやグリーンランドの雪や氷河が春の雪解けのようにどんどん解けて、海面が約65メートル上昇して肥沃な平野部が水没して、人類は食糧の生産場所を失い飢餓地獄になって、今の文明は疾走する馬のように、大方の人間が思っているよりはるかに早く滅ぶことを表していると私は思います。

屋根の上にある右側の二つの真実の口の下に太陽のお母さんと思われる魔女がいて、左手で地球と思われる女性の左手首を持って前へ連れていこうとしていますが、女性は右手を強く握り締め、前に行くのは嫌だと頑張っ

143

ていましたが、しかし、いくら頑張っても時間は前に進み、アンドロメダ大星雲はやってきて、我々の住むこの地球を直径10光年の天の河銀河系に激突させてそれを破壊します。約30億年後のことになると私は思います。

離宮の屋根の上には真実の口の像が4個あり、太陽のお母さんと思われる魔女とライオンが4頭いて2頭のライオンに魔女がまたがっているように見える像があります。4頭のライオンは「ガンマ線」「放射線」「紫外線」「赤外線」を表していて、地球の生物の生命を規制していることを表している物だと私は思います。

それが魔女の使いの黒猫、いや魔女そのものだと私は思います。ライオンはネコ科の動物で、ネコ科の動物は夜でもよく目が見えるので、暗い目・闇夜の目で太陽のお母さんのブラックホールを表している物だと私は思います。地球はオゾン層によって守られていますが、100%完全ではないと私は思います。

四つの真実の口は、私が今まで述べてきたことを表していると思います。それはこの「地球になぜ、人類が生まれることができたのか」、そしてどう生きるべきか、それは「水の惑星であるこの地球に、なぜ、緑の大地が生まれることができたのか」、それは「空気より水より重い岩石が、なぜ、水の上に約7,000メートルも8,844メートル42センチも出ることができたのか」を表しています。地球には空気や水より軽い岩石などは存在しません。アジア大陸もアメリカ大陸も日本列島も約2,600

144

メートルの海の底から自然に海の上に隆起することは100％ありません。自然に隆起するのであれば私の周りに転がっている、日本列島より軽い石がなぜ、国際宇宙ステーションを超えて隆起して太陽の光を遮っていないのでしょうか。地球が出来てすでに約46億年経ったと言われています。

　今の人類は混とんのなかから神がこの世界を一夜で作ったという意味を知らないだけなのです。アジア大陸もアメリカ大陸も日本列島も約2,600メートルの海底から自然に水上に隆起することは100％ありません。私は地球や太陽やブラックホールの引力の中に住んでいます。もしアジア大陸の下がメタンガスや酸素なら福岡県の博多駅前の道路のように地球の中心部に向かって陥没していくはずです。人類は人口が増えすぎて食糧の供給ができなくなり、自ら文明を滅ぼすことを表しています。そのためマヤの遺跡には過去に文明が四つあり、今は5回目の文明だと書かれているのです。

　引力がある以上、宇宙全体が高速で自転していない限り、遠心力がないので、地球も138億光年のこの宇宙も収縮して破壊され、消えてなくなる運命であることを表しています。私はそう思います。

　読売新聞の2017年3月3日の記事によると、2015年3月24日南極半島の北端にあるアルゼンチンのエスペランサ基地で＋17・5度を観測したと書かれています。これまでの記録では、1974年1月5日ニュージーランドの

バンダ基地と南極半島の北端のホープ湾で14.6度の観
測が最高の気温だと書かれています。

31. オセアニック号による旅行

　彗星は一度激突したと思われているので、片刃によって表されています。剣や長刀などです。京都の祇園祭の一番鉾の、長刀鉾や天皇の持っている片刃の刀がこれに相当する物だと私は思います。

　また、翼や弓矢やキツネや大根等でも表され、溶けると水になるので、水の中にいるカエルやカッパやカワウソなどで表される場合があります。

　2番目の槍はお月様で、銀で表され、また3番目の槍は星神様で父なる神様＝天照皇大神（ダビデ）で、鏡や松明で表しています。ギリシャのポセイドンやアメリカの自由の女神のように、マヤやエジプトの王様やカワウソが頭に掲げている鏡で、朱色で表されています。朱色は温度を表していて、温度は＋950度ぐらいです。このダビデの温度によって－270度のこの宇宙で地球は平均温度の＋約15度（14.84度）を保っています。勿論槍や弓矢の的はお花（漆胡瓶壺＝地球）のことです。

　オセアニック号の階段にある右手に剣を持ち、左手に生首を持っているレリーフは魔女で、これは破壊の神様を表しています。魔女とは太陽のお母さんかアンドロメダ大星雲の中心にあるブラックホールのことです。破壊

147

の神様は一般的には馬やワニや魔女によって表されます。これが私の住む天の河銀河系にやってきて私の家、私の住む天の河系に激突してそれを破壊します。今から約30億年後のことになると私は思います。

　破壊の神様は人間が馬の背中に乗っていて、剣を振り上げているのが一般的です。頭の上にあるバドミントンの羽根のような物は、高速で飛んでくるアンドロメダ大星雲を表している物だと私は思います。エジプトの博物館にある王様の椅子の背もたれの真ん中にも付いていました。破壊の神様が神様の中では最強の神様です。

　マントを着ていたり、バルーンを手に持っていたり、鉢のような物を持っていたり、お花や竹や杖等を持って頭や肩や体や足に木星を付けていたりするのは、お月様のお母さん木星に当たります。杖を持っているのは、太陽のお母さんかお月様のお母さん木星か、知恵の神様（白い蛇、彗星・冥王星）に当たると私は思います。知恵は辞書や巻物や杖や槍によって表すことがあります。また、楯を横にすれば木星の輪になると私は思います。

　首にいる2匹の蛇は彗星、冥王星とその衛星カロンに当たり、これが奈良県の正倉院の螺鈿紫檀の琵琶の後ろにいる青い鳥＝地球を表す迦陵頻伽の頭の上にいる2匹の蛇に当たると私は思います。エジプトのクフ王のピラミッドの左手前にある古い建物の出入り口の上の左右にも付いています。オセアニック号の階段にあるお月様のお母さん木星を表すレリーフの首の所にも2匹の蛇がい

て、娘たちを蛇に取られないように楯を持って構えています。これが木星で、木星には約63個の子供たちがいます。オセアニック号のレリーフには太陽の神様や蛇神様は一つしかないのに、木星はなんと14個もあります。お月様が生まれるためには何が何でもお月様のお母さんの木星が必要になります。

　木星は仏教やヒンドゥー教では象（ガネーシャ）で表され、マヤの遺跡の左手前にある大きな岩が象の形であり、ヨルダンのペトラ遺跡へ行く途中の道の真ん中にも、見る方向によって象や魚の形に見える岩があります。

　インドネシアのジョグジャカルタのボロブドゥール遺跡の階段の入り口にも象のお鼻が付いています。

　カンボジアのアンコールワットの左手前にも象のテラスがあり沢山の象が並んでいます。

　アフリカのスーダンにあるピラミッドの近くにも象の神様が祭られているようです。平泉の中尊寺の仏像を囲む木枠の角にも象牙が使われているみたいです。

　3,000年ぐらい前に地中海の東にあったアッシリアでは、魚の頭の付いた魚の皮のマントを着ています。太陽が生まれるためには、何が何でも太陽のお母さんのブラックホール、一千億手観音や阿修羅や阿弥陀如来や大日菩薩が必要です。

　このように見ないと、私には太陽系や天の河銀河系や今の地球の状態を説明することはできません。

　エジプトのクフ王のピラミッドの左手前の横にある旧

い建物の出入り口の上にも左右にコブラの蛇がいて、真上には丸い物（鏡＝天照皇大神の神様＝ダビデ）があり、後ろには青い鳥（地球）を表す翼が見えました。こんなレリーフに出合えるとは思ってもいませんでしたので、びっくりしました。オセアニック号との出合いに運命を感じます。1船遅れていれば出合えませんでした（ピースボートは第76回から別のオーシャンドリーム号という船に変わりました）。

　エンジンが故障して冷房が止まったりトイレが使えなかったりして女性方には散々だったでしょうが、私には大変参考になるレリーフのある船でした。

　第75回のピースボートに乗ることができて本当に良かった。出合えなければレリーフの意味は誰にもわかりませんでした。また、エジプトのピラミッドの神様の配列がペルーのマチュピチュの神様の配列と全く同じだとは知りませんでした。仏教の仏像やヒンドゥー教の神様に匹敵するものだと私は思います。最初に見た時には何処にでもピカソみたいな人がいるものだと思いました。船会社はレリーフのレプリカを造って、博物館や類似施設に売るべきです。

　今度はタヒチのパペーテからペルーのカヤオへ向かいます。ペルーまでの12日間は見渡す限りの大海原で他の船も全く見えません。いるのは海鳥（グンカンドリ？）とイルカだけです。ペルーでは飛行機でまっすぐクスコへ行きました。太陽の神殿や12角の石やアルマ

ス広場やサクサイワマン遺跡などを見て、夕食でフォルクローレ・ディナーショーを鑑賞してウルバンバのホテルに泊まり、次の日マチュピチュへ行きました。

　前日の2012年2月18日は雨で川が増水し列車は止まっていました。列車の横を流れるのはアマゾンの上流でウカヤリ川といい、激流で直径約4〜5メートルの石が川の中にゴロゴロ転がっていて、水がトウモロコシ畑の中まで溢れていました。畑の約6〜7割はトウモロコシの畑でした。私は行くことができましたが、前の日に行った人達は列車が止まっていて行けませんでした（マチュピチュには入場制限があり皆一度に入れません）。

　ガスが晴れてマチュピチュはやっと見えましたが、周りの山はガスでよく見えませんでした。太平洋側や大西洋側の6,000メートルを超えるような山を見たかったのですが、ペルーはまだ雨期でガスがかかっていました。

　マチュピチュの太陽の神殿の中に棺のようなものが見えました。私が考古学者なら棺をどかして23メートルぐらい掘ってみたいものです。マチュピチュからの帰りぎわ、雨に打たれて体を冷やしました。オリャンタイタンボ遺跡は見ましたが、ラファエル・ラルコ博物館はお腹を壊しバスの中で休んでいて見ることはできませんでした。2013年2月19日にまた行くつもりです。

　マチュピチュへの列車内では車掌がスナック菓子やコーラやグワバのジュース類を販売していました、仏教の黄不動や青不動や赤不動と同じ色の赤や青や黄色等の

カラフルな色の衣装を着て彗星のような頭の毛の白い獅子の面を着けた車掌が、車内を練り歩き、お客様にサービスをしていました。帰りには車内でファッション・ショーを行い、着ていた物を販売していました。

　ペルー市内のレストランでは、紫の色のトウモロコシの甘いジュースやコカのジュース等を販売していました。

　今度はパナマ、バルボアです。バルボアまで3日間、運河を通ってアラスカからアルゼンチンのウシュアイヤのちょっと先まで行っているパンアメリカンハイウェーの下をくぐり抜けてバルボアへ行き、バスで運河のミラフローレス閘門やパナマ市内観光に行きました。スーパーでパナマ帽と靴下を買いました。

　今度はジャマイカ、ジャマイカまで2日間、モンテゴベイ、ジャマイカでは治安があまり良くないので、カタマランでカリブ海クルージングをしました。最初は少し雨に打たれましたが、その後は晴れて、青い海の上をクルージングすることができました。

　行った人達の約9割近くが海に入り、泳いだりスキューバダイビングをしたりしました。私はあまり泳げないので海には入りませんでした。

　キューバのハバナまでは3日かかり、3月1日木曜日に着きました、キューバではハバナ旧市街観光をして、革命博物館やカバーニャ要塞や革命広場などを見て、世界非核フォーラムでフィデル・カストロさんの話を2時間以上聴きました。19時半頃に会場に着くと会場の外

では小さなコウモリが沢山飛び回っていました。猛烈な速度で、カメラで写すことはできませんでした。夜間でカメラのシャッターが遅れました。

セネガルのダカールまでは11日、首都ダカールは治安が良くないのでバスで市内観光して、手足に塗るオイルと革の鞄と帽子を買いました。

次はカナリア諸島ラスパルマスで、到着まで3日かかりました。ラスパルマスではジープでグランカナリア島を自然体験。バンダマクレーターを見て、畑を作り自給自足している70歳ぐらいのおじさんを見ました。豆粒のように小さかったティラハナ渓谷などを巡って自然を体感しました。道は石のガタガタ道で、大変お尻が痛かった。

次はモロッコのカサブランカ。カサブランカへは2日かかり、3月17日に着きました。首都ラバトとカサブランカをバスで巡り、ハッサンの塔やムハンマド5世の霊廟を見て、人ひとりしか通れない、とても狭いウダイヤのカスバなどを歩いて見て回りました。

次はスペイン・バルセロナで3月20日に着きました。バルセロナでは、サグラダ・ファミリアやカサ・ミラなどを見て、かつての湖底が隆起した奇岩がそびえる聖地モンセラットの修道院を見て回りました。

モンセラットは海抜が高いので前日の夜は小雪が降り、道が濡れていて修道院を20メートルほど過ぎた山に雪がかかり、山の下には小川があって小さな池があり、日

153

陰には雪がまだ残っていました。

　カサ・ミラではイチジクなどの乾燥果物の小さな袋を5個と小さいスプーンを6個買いました。

　次はフランス・マルセイユで、バルセロナから1日マルセイユにてオセアニック号を下船して、バスでノートルダム・ド・ラギャルドバジリカ聖堂やイフ島などを見て、マルセイユ市内のホテルに泊まり次の日はバスでカンヌ、ニース・モナコ観光へ。

　太陽の光でとても綺麗な、右側の真っ青な地中海を見ながらニースへ着き、プロムナード・デザングレなどを歩いて旧市街観光しました。バスで右の海を見ながらモナコに向かいます。モナコは道が狭いため大型バスを停める場所がなく、バスの中からグラン・カジノなどを見て、テンダーボートで湾内に停泊しているオセアニック号に戻りました。

　オセアニック号はタグボートが故障していて岸壁には着けませんでした。テンダーボートは船と陸をつなぐ小型の渡し船ですが、これに乗って上陸しました。

　3月23日イタリアのチビタベッキアに着きました、チビタベッキアではバスでローマへ行きました。ローマへの道の街路樹はオレンジでいっぱいでした。周りは殆どがオリーブ畑で円形競技場コロッセオやローマの休日で有名なスペイン広場や階段を見て、夕食のカンツォーネディナーへ。ローマ市内のホテルに泊まり、トレヴィの泉やサン・ピエトロ大聖堂やヴァティカン宮殿などを見

154

て、三越でトイレに行き小銭入れを買いました。トレ
ヴィの泉には破壊の神様の馬がいたのでとても驚きまし
た。私から見て右側の槍を杖にしている人の左側に蛇が
いて、これは蛇神様で、彗星・冥王星を表しています。
真ん中の貝を背にしている人は真珠で、父なる神様、星
神様（ダビデ）を表し（ビーナス）、左側の女の人は右
側の足元に壺があり、お母さんの地球を表しています。
壺とはお母さんの地球を表す骨壺です。人類は地球の引
力を振り切ることはできません。死ねば皆お母さんの骨
壺に入るのです。壺から永久に水が流れ出ることは
100％ありません。あれは人類の活動によって南極やア
ルプスやグリーンランドの雪や氷河を春の雪解けのよう
にどんどん解かして、太平洋や大西洋の海面を約65
メートル上昇させて肥沃な平野部を水没させて、食糧の
生産を奪い飢餓地獄にして人類の文明を滅ぼすことを表
しています。そのためにインドネシアやフィリピンの奥
地や中国やイタリア等に段々畑があるのです。慌てて逃
げているのは私達人類なのです。逃げ切れるはずはあり
ません。

　中米のマヤの遺跡には過去に文明が四つあり、今は5
回目の文明だと書かれているのです。そのためバルカン
半島にはエジプトのピラミッドより大きいピラミッドが
あるのです。すなわちトレヴィの泉は太平洋や大西洋を
表しています。そのためにイルカのしっぽが見えていま
す。イルカ（クジラ）がいるのは太平洋や大西洋です。

原発が熱の7割を海に捨て地球の温度をどんどん上げているのは殆どテロ行為だと私は思います。テロに加担する者は、たとえ警察官や判事や軍人や原子力発電所の関係者や政府関係者でもテロリストです。シリアのイスラム国の戦闘員は人類を皆殺しにしようとしている訳ではありません、地球の人類を全てムスリムにしようとしているだけなのです。今のイスラム国には全人類をイスラム教徒に改宗する力はありません。公開銃殺して財産を没収するべきです。財産を没収しても追いつきません。海面を65メートル上昇させることはアマゾン流域や関東平野やニューヨークやバルセロナやイスタンブールを水没させることなのです。それは人類から、酸素を吐き出し二酸化炭素を吸収するアマゾンの森林を奪い、肥沃な平野部を奪い、亀の産卵場所を奪うことなのです。それは人類から食糧を奪い、飢餓地獄にして、人類の文明を滅ぼすことなのです。これは間違いなく悪質なテロ行為です（泉にイルカがいることはありません）。

　ギリシャのピレウスには3日後の3月27日に着きました。アテネ市内観光でアクロポリスの丘や工事中のパルテノン神殿を見学し、玄関の屋根の上から降ろされて風雨に晒されて小さくなった2頭のライオン像が近くに置かれていました。

　パルテノン神殿などを見て回った後、夜にはトルコのイスタンブールへ。飛行機で約1時間20分、市内のホテルに泊まり早朝ネヴシェヒルへ。飛行機にて約1時間

20分で着きました。

　カッパドキア観光ではギョレメ野外博物館やカイマクル地下都市など見て、カッパドキアのホテルに泊まりました。カイマクル地下都市は天井が低いので、頭を下げないと通れませんでした。また、道が狭く1人しか通れません。炊事場の天井は煙で真っ黒でした。葡萄を潰す石の台があり、液が流れるように石の台に溝が掘ってありました。

　早朝、朝霧の中32人乗りバルーンに乗り空からカッパドキアを見て、29日午前イスタンブールへ、バルーンには初め32人が一度に乗り込みましたが、バルーンが浮力で飛び上がらないように、降りる時は1人降りて1人乗る、その繰り返しでした。

　バルーンは35個ぐらい飛んでいました。イスタンブールへは飛行機で約1時間20分、イスタンブール観光でスルタンアフメット・ジャーミィ「ブルーモスク」やアヤソフィア博物館など見て、バスでオセアニック号へ。

　カッパドキアは高原で夜は寒く、前の夜は小雨で夜には雪に変わり、29日の朝は木の枝にうっすらと雪が積もっていました。しかし昼間は晴天でとても良い観光でした。イスタンブールは気温約15度と大変良い天気でした。トルコでは子供達が、私が日本人だとわかると、走ってきてハイタッチしていきます。

　次はブルガリアのブルガスへ、イスタンブールから船

157

でネオン街のようなボスポラス海峡を通り抜けブルガス
へ、海峡は大変狭く周りの陸地がよく見えました。海峡
にかかる橋もイルミネーションで夜は大変綺麗でした。
3月30日に着きました。ブルガスではヴァルナ観光で、
古代ローマの大浴場跡やブルガリア正教会大聖堂や考古
学博物館などを見て回りました。途中の道に建設途中で
放置された建物や放置されたブドウ畑が沢山ありました。
リーマンショックの深刻さを知りました。ブルガスから
ルーマニアへと向かいました。

　ルーマニアには3月31日に着きました。ルーマニア
のコンスタンツァでは人類考古学博物館やワイナリーへ
行き、銀の胸当てをして壺を右手に持って飛んでいる聖
少女かぐや姫（バッカス）の絵を見ました。さすがにロ
シア正教日本ではかぐや姫は竹から出てきます。ワイナ
リーではテイスティングをしましたが、私は酒が飲めな
いので味は全くわかりませんでした。ワイナリーの社員
はフォルクローレショーを一所懸命踊ってくれました。
キリスト教では緑の大地をブドウやワインで表し、仏教
ではハスの花や茎のレンコンで表し、お正月やお盆には
レンコンや竹の子が入った旨煮を食べて祝います。神道
では門松の根本にある笹や三本の太い竹で三つの緑の大
陸を表し、十五夜のススキの根本にある笹や短冊を下げ
る竹に相当する物だと私は思います。また、日本では大
黒さんが座っている三つの俵に相当すると思います。ま
た、短冊は彗星の尾に文字を書いて神様を汚した物だと

私は思います。

　ルーマニアの人類考古学博物館では入ってすぐ左に曲がると、右側にとぐろを巻いている形の蛇神様があり、コインやメダルや旧い短砲やマンモスの牙や土器や矢尻や、身体が馬で上半身が人間で、長い棒を振り上げて人を襲う体勢の破壊神のような彫刻がありました、

　人が背中合わせで立っているお父さんとお母さんが合体したような彫刻もあり、足元には犬がいました、3階には紋章のような物に雄牛の頭があり、頭の上にダビデの星があり、左側に鷲がいて、その鷲の肩の上には十字架があり、下からイルカの体で挟まれているような物がありました。また、大きな壺があり、壺には大きな白い3本指の龍や日本の着物を着た女性や武士や足軽のような人が描かれ、足軽の頭には笠を被り笠には日の丸が描かれていました。

　次はウクライナで、オデッサには4月1日午後1時に着きました。エイプリルフールのカーニバルでポチョムキンの階段は人で溢れていました。カーニバルはポチョムキンの階段を上がった所で行っていました。階段を上りすぐ左に曲がり、突き当たりを右に曲がり約200メートル行ったところでもう一度斜め右に曲がり、約150メートル行ったところでロシアの毛皮の帽子を買いました。日本のお祭りのような小さな出店が600店ほど出ていました。そこから60メートルぐらい行ったところの右側の屋根の上に魔女と4匹のライオンがいて、真実の

口が四つ並んでいるオペラ・バレエ劇場があります。右に斜めに曲がらずにまっすぐ行くと150メートルほどで突きあたり、左に60メートルぐらい曲がると左側に貴族の館があります。突きあたりの50メートルぐらい手前の左側に、一般的にヘレニズムと言われるあの3人のエロスを捕まえている蛇がいました。あのルーマニアのコンスタンツァにある人類考古学博物館の入り口を入り、すぐ左に曲がった右側にいるとぐろを巻いた蛇のことです。エジプトで言うならば鏡のようなダビデを頭の上に掲げて運んでいるカワウソか、王様が頭の上に付けているコブラになります。日本では鳥獣戯画のカエルやカッパに相当する物だと思います。また、鳥獣戯画の兎が放った矢をカワウソが頭に掲げて運んでいる鏡で、星神様ダビデに相当して花が地球に相当します。シーギリヤ・レディや花の女神フローラやこの花の咲くや姫や女神アタルガティスに相当します。

　宇宙の温度は約マイナス270度で花が咲いているのは地球だけです。したがって彗星がなければ今の地球が出来ることはありません。表面が100％海のままの地球なのです。エジプトのカワウソが掲げている物が兎の放った矢で伊勢神宮の神様・星神様ダビデになり、エジプトの王様の頭の上にある鏡になり、クフ王の南側から出た天のお船・お月様に乗っている太陽のように見える物が星神様ダビデになります。イスラム教徒の「月と星」の星に相当します。カワウソが彗星で鏡が父なる神様ダビ

デで、シンガポールのマーライオンのように神様が二つ
で、めでたさが2倍になります。マーが魚でライオンが
暗い目闇夜の目の太陽のお母さんブラックホールになり、
スフィンクスになります。

　日本では伊勢神宮の鏡が父なる神様で鶏がお母さんの
地球になり、出雲大社の大国主の尊が持っている袋が彗
星でエジプトのカワウソになり蛇神様になります。彗星
が溶けると水になるので水中にいるカワウソやカエルや
カッパが彗星になります。

　また、大きな蛇に3人の裸の男が絡まれている蛇の神
様があります。蛇は彗星、蛇神様。白人の3人の男は地
球に激突した主な隕石、一番大きい男は勿論天照皇大神
（ダビデ）で、他の男は火星の衛星のような小さな隕石、
地球は火星と木星の間にあった星の破片を大量に浴びま
した。雨霰のように、もちろん火星や金星や水星も、
残った惑星の隕石となった欠片は太陽の肝っ玉お婆さん
が、すべて引き受けました。私達は太陽の引力の中に住
んでいます（白人は寒い北欧に住んでいます。裸でいる
ことはありません）。貴婦人と一角獣の宝石箱が地球、
真珠が隕石です。オデッサではリシュリューの像やオ
デッサ考古学博物館や美術館やオペラ・バレエ劇場など
の外観を見ました。

　今度はエジプトです。ポートサイド・エジプトには4
月6日に着きました。ギザの3大ピラミッドを見て「玄
室見学なし」太陽のお母さんのスフィンクスを見て、エ

161

ジプト考古学博物館へ行きました。棺や王様の椅子や担ぐ乗り物や土器や槍や矢尻やミイラなど沢山あり、見て回るのに2週間ぐらいかかりそう。王様の椅子の背もたれの真ん中にバドミントンの羽根のような型の、破壊の神様のマークがありました。アンドロメダ大星雲です。太陽の光は全方向に放たれます。わずか30度ほどしか光を放さないようなことはありません。バドミントンの羽根のような物は高速で飛んでくるアンドロメダ大星雲を表しています。太陽のお母さんのスフィンクスは崩れかけていました。クフ王のピラミッドの左手前の隣にある旧い建物の出入り口の上の両脇に1匹ずつ2匹の蛇と丸い鏡のような父なる神様、天照皇大神の神様「ダビデ」と、その後ろに青い鳥「地球」の翼が見えました。

　今度はスエズ運河を通ってインド、コーチンへ。スエズ運河では手こぎボートが約6艘通っていました。運河を出たソマリア沖でオセアニック号が故障して3日間漂流しましたが、自衛隊のイージス艦たかなみが守ってくれました。自衛隊の皆さん、ありがとう。

　漂流中は電気が止まり、冷房が止まり、水が出ないのでトイレが使えません。厨房も使えないので私はウサギになりました。強制的ベジタリアンです。船は鉄板で出来ているので蒸し暑く、船室内では殆ど裸同然でした。海賊が登れないように船尾にはバラ線が巻かれました。また、海賊にみつからないように夜は消灯し、暑いのに窓のカーテンを閉めました。

4月19日やっとインドのコーチンへ。コーチンではアレッピーでバックウォーター遊覧、船で運河の周りの景色や100人乗れる蛇船を見て、稲刈りや稲の脱穀やお祭の行列などを見ながらコーチン観光へ。バスでユダヤ人街などを見て回りました、運河の周りの土地は一段下で一面に水田が広がっていました。次はシンガポール。シンガポールには4月24日に着きました。シンガポールではバスでチャイナタウンやアラブストリートやリトルインディアなどを巡り、シンガポール市内を車窓観光をして、リバータクシークルーズでマーライオンへ、最後にお土産の扇子やバッグをテーブルにかけるフックを買いました。

またオセアニック号がフィリピン沖で故障して2日間漂流したので、台湾には5月1日に着きました。台湾では時間がないのでちょっと寄って、食事をしてすぐ帰り、国立故宮博物院には行けませんでした。しょうがないので12月18日に、また、行くつもりです。

横浜には5月4日着岸、1日遅れでやっとたどり着きました。

32. おわりに

　この宇宙に私を産むために、神様は壮大な玉突きをしました。彗星（冥王星＝織姫＝蛇神様＝テンス）がキューで、木星の周りを回るお月様（聖少女かぐや姫＝バッカス）が玉で、中継が木星と火星の間にあった直径約9,000キロメートルの星で、その星の核で直径約3,000キロメートルのウラン等の重金属と鉄の塊が天照皇大神（ダビデ＝ビーナス）で、それを見事に地球に激突（結婚）させて、地球（青い鳥）に金の卵の緑の大地（アジア大陸やアメリカ大陸やオーストラリア大陸や日本列島）を産ませました。

　激突した物体の重さと大きさと速度によって、アジア大陸やアメリカ大陸や日本列島を海の上に跳ね飛ばし、押し出して、自分が地球の中心に入ることによって、アジア大陸やアメリカ大陸やオーストラリア大陸や日本列島を海の上に押し出して押し留めています。

　それによって水の惑星であるこの地球に外部から直径約3,000キロメートル、約950度の熱がもたらされ、－270度のこの宇宙で地球の平均気温が約15度（14.84）を保つことができ、植物や生物や人類が繁栄し、この私が生まれました。

彗星「冥王星」がお月様に激突し、お月様が火星と木星の間にあった惑星に激突して、その星の核（ビーナス）を誕生させ、そのビーナスを地球に命中（激突＝結婚）させました。それによってお母さんの地球が金の卵の緑の大地を産みました。その緑の大地から人類、この私が生まれました。「的が地球」。

　花があるのは地球だけです。鳥獣戯画を見てください。兎が月で矢が彗星＝ダビデ。（これが本来の３本の矢）。地球の周りを回るお月様の温度はお月様の赤道付近でもマイナス約60度と言われます。地球の外部から熱が来なければ太陽の光だけでは地球の平均気温＋約15度は保てません（14.76度）。また、矢を束ねて持っているのは太陽のお母さんの魔女です。このように見ないと、私には「今日の宇宙に、なぜ、この私が生まれることができたのか」を説明することができません。地球は重さと重力と引力と速度によって成り立っています。水より重い岩石が海の上に3,000メートルも6,000メートルも8,844メートル42センチも自然に隆起することは100％ありません、私はそう思います。

　魔女の持っているセンスの骨が矢を表しています。うまく説明できる人がいましたら、私にこっそり教えてください。あしからず。ごめんなさい。

　ありがとう、ピースボート。

　ありがとう、ジャパングレイス。

　　　　　　　　　　　　　　　　　　　　合掌。

著者プロフィール

月光天葦木資生（がっこうてんあしもくしせい）

1944年7月31日生まれ。北海道出身。中学卒業後は農機メーカーに勤務、その後、タクシー運転手に転じ、停年まで勤める。
北海道札幌市在住。

人類に問う。なぜ、水の惑星であるこの地球に、貴方が生まれることができたのか？　そして、どう生きるべきか？

2017年10月15日　初版第1刷発行

著　者　月光天葦木資生
発行者　瓜谷　綱延
発行所　株式会社文芸社
　　　　〒160-0022　東京都新宿区新宿1－10－1
　　　　　　　電話　03-5369-3060（代表）
　　　　　　　　　　03-5369-2299（販売）

印刷所　株式会社フクイン

©GakkotenAshimokushisei 2017 Printed in Japan
乱丁本・落丁本はお手数ですが小社販売部宛にお送りください。
送料小社負担にてお取り替えいたします。
本書の一部、あるいは全部を無断で複写・複製・転載・放映、データ配信することは、法律で認められた場合を除き、著作権の侵害となります。
ISBN978-4-286-18805-8